El huracán de mi corazón

Justice Willoughby

CAPÍTULO 1

Lance

No, ahora no. Y sobre todo... ¡Aquí no!

¡Ni hablar! El motor de mi Honda Civic empezó a toser justo cuando entraba en el viejo puente de madera que lleva al corazón de Magnolia Crest. Mi querido amigo y compañero de aventuras emite un sonido hueco, casi un gemido. Lo siento rugir en mi estómago, como si yo fuera quien experimentara una repentina falta de aire. Y, tengo que admitirlo, en parte es cierto.

Quizás sea una señal, el destino o como quieras llamarlo. Regresar a Magnolia Crest, un pueblo que ni siquiera figura en el mapa de Carolina del Norte, no fue buena idea. Lo supe desde el principio, en el fondo.

Excepto que no creo en el destino ni en las señales. Así que intento apartar el pensamiento e ignorarlo por completo en cuanto se me ocurre. Es pura mentira, lo sé. Al menos estoy racionalmente seguro de ello.

—Ahora no, por favor...— susurro rozando el volante con mis dedos aún parcialmente manchados con pintura seca, el vívido recordatorio de las últimas horas que he pasado refinando algunos prototipos de las tablas para la clase de arte de verano que comenzaré en unos días aquí en Magnolia Crest.

Mientras tanto, el cielo se ha vuelto ámbar y los magnolios que bordean el río Hawthorne parecen pequeñas torres silenciosas, listas para juzgar mi regreso a este pueblo que me vio huir hace diez años sin intención de regresar.

Ni siquiera había cumplido diecinueve años. Y, lo que es peor, no me quedaba nadie tras la muerte de mi tía Jane, el único familiar que me quedaba tras la pérdida de mis padres cuando aún era un niño. Así que la única solución que pude encontrar en ese momento fue vender la pequeña casa en las afueras del pueblo y mudarme, escapar. Desde luego, no quedarme a luchar solo contra el resto del mundo. Decir que Magnolia Crest era "el mundo" es una exageración. Pero para mí, hace diez años, lo era.

La tía Jane, hermana de mi madre, tenía viejos amigos en Chicago. Y fue a ellos a quienes recurrí, al menos al principio, con la esperanza de encontrar algo mejor en otro lugar.

Cuando mi Honda tiembla una última vez y finalmente se cala, me encuentro justo en medio del puente, Magnolia Bridge. ¡Perfecto! Me encuentro con esos malditos tablones desvencijados bajo las ruedas, el agua del río cerca y, lo peor de todo, el pasado y el presente compitiendo por un equilibrio tragicómico en mi existencia. Siempre tambaleándome al borde de la incertidumbre que finalmente me arrastró de vuelta aquí, como un anzuelo al que me vi obligado a ceder.

—¡Mierda! —Resoplo y niego con la cabeza. Casi quiero quedarme dormido y dejar que todo lo demás suceda sin mi intervención, dejar que la vida fluya a mi alrededor.

Me recuesto con un suspiro. La ventana abierta deja entrar el olor a madera húmeda y tabaco curado, una combinación única de Magnolia Crest y de mis recuerdos.

Vuelvo a ocuparme de mi coche, o al menos lo intento. Pero el cuadro eléctrico está muerto; sin luces, sin radio, nada en absoluto. Y, lo que es peor, un calor agobiante empieza a apoderarse de mí, casi dejándome sin aliento.

Mi corazón late fuerte, pero no voy a dejarme llevar por la desagradable sensación. Agarro mi botella de agua y doy un par de sorbos, esperando que me calme.

Al final, me guste o no, es un hecho.

Es mi primer día en Magnolia Crest y ya me encuentro atrapado en el puente que simboliza todo lo que he luchado durante años por olvidar.

Me resigno y salgo del coche, abriendo la puerta con un crujido que parece un gemido de protesta.

El puente Magnolia Bridge parece casi más estrecho de lo que recordaba. Las vigas laterales están cubiertas de grafitis descoloridos. Recuerdo algunos demasiado bien: frases burlonas de los chicos del instituto que me mantenían bajo su fuego implacable. La presión en el pecho regresa, ahogándome la respiración. No tenía escapatoria. Estaba completamente solo, rodeado de enemigos agresivos y autoritarios. No tenía defensas.

Aparto la mirada e intento recomponerme, cuidar mi coche. Estoy a punto de levantar el capó cuando oigo una voz grave detrás de mí.

—Oye... ¿Está todo bien, amigo?

Me doy la vuelta. Un hombre joven y corpulento camina con paso decidido, cargando una tabla de madera sobre un hombro. La luz dorada proyecta un halo alrededor de su cabello castaño claro, recogido en la nuca. Imagino que debe ser bastante largo y fluido una vez suelto, pero intento contener la idea para no sentirme demasiado ridículo.

¡Genial! Mi coche se quedó atascado en medio del Magnolia Bridge, ¡y estoy perdido fantaseando con el pelo de un desconocido! Estoy tocando fondo... ¿Cuánto tiempo hace que no tengo sexo? Mejor no pensar en ello, después de mis últimas relaciones fallidas y algunos encuentros casuales sin ningún interés.

Sin embargo, debo decir que el "desconocido" en cuestión no me ayuda en nada a controlar mi frágil autocontrol. Al acercarse, su piel dorada refleja el resplandor del atardecer, y su camisa de franela abierta revela hombros y brazos aún más anchos, salpicados de pequeños cortes, señales de trabajo manual, probablemente al aire libre. Y me sonríe con un aire invitador que, a mi pesar, me provoca una punzada en el bajo vientre.

Mientras tanto, me doy cuenta de que el "desconocido" espera una respuesta de mí.

—Me temo que la batería ha decidido abandonarme aquí mismo—, digo, lo primero que se me ocurre. Y mientras tanto, intento sonreírle con ironía, solo para evitar que hurgue en lo que realmente pienso sobre él. —El momento perfecto.

¡Todo lo que necesito es que este tipo note mi estado psicofísico, causado por su presencia!

Por suerte, siempre que estoy nervioso, el sarcasmo se convierte en mi salvavidas, lo único a lo que puedo aferrarme para no hundirme en un abismo que, en lo que a mí respecta, está justo entre la vergüenza y la frustración.

El hombre deja la tabla y da sus últimos pasos hacia mí, acortando por completo la distancia entre nosotros. Lleva una mochila de lona, manchada de serrín, y un martillo colgando del cinturón.

—¡Lo siento, las baterías siempre tienen esa mala costumbre! —Sonríe tan ampliamente que me tranquiliza. Y, lo que es "peor", de nuevo para mi estado mental y físico, es que sonríe con toda la cara, no solo con los labios. Con sus ojos azules, sus hoyuelos y las pequeñas líneas de expresión que se le forman al sonreír.

—Sí... — Asiento con un suspiro de resignación. —¡Lo hacen a propósito, eso seguro!

—Bueno... soy Kendall Henderson... —De repente, parece curiosamente tímido, pero se presenta, extendiendo la mano. — Estaba arreglando unas tablas en el muelle de allá. Sé un par de cosas sobre motores. ¿Quieres que eche un vistazo? ¿Y tú? No pareces de por aquí.

Su palma es cálida, su agarre firme. Recuerdo respirar y devolverle la sonrisa.

Pero, inevitablemente, me detengo en su nombre.

¿Kendall Henderson? No es casualidad... ¡Mierda!

Noto que me mira un poco desconcertado; luego, de repente, recuerdo que debería presentarme también.

—Lance Sayer—, respondo rápidamente, casi con prisa. —No, la verdad es que no soy de por aquí. Pero soy... —¿Qué debería decir? ¿Qué sí, pero durante mi "traumática" adolescencia, mis adorables compañeros de clase me trataron como a un apestado? No, mejor no. Sobre todo porque, al parecer, ni siquiera tiene el más mínimo recuerdo de mí. Mejor le digo una verdad a medias. —Me han contratado como profesor de arte en el instituto Magnolia Crest. Por un programa de verano y un semestre, por ahora, luego ya veremos.

No me reconoce. Igual que yo no lo había reconocido, después de todo. Solo que su nombre es importante, demasiado importante para olvidarlo. Pero recuerdo que él, Kendall, era un par de años menor que yo, así que tendría unos veintisiete años ahora.

El niño ha crecido bien. ¡Ni que decir tiene! El adolescente delgado y pálido que una vez fue se ha transformado por completo.

—¿Arte? ¡Guau! En fin, bienvenido. Espero que disfrutes de tu estancia con nosotros y decidas quedarte—. Las palabras y la sonrisa de Kendall me devuelven al presente.

¿Espera que me lleve bien con ellos? ¡No tiene idea de cuánto lo espero!

—Gracias—. Sonrío y asiento, sin saber qué más decir. Es como si el pasado me estuviera agarrando y devorando, ahora mismo.

Kendall asiente, se encoge de hombros y decide centrar sus preciosas atenciones en mi Honda Civic.

—Vamos a probar a ver si es solo un cable suelto.

Lo observo moverse con naturalidad. Tenía razón, parece que sí que sabe de motores. Quisiera desviar mi atención de sus manos grandes y seguras, que acarician cada componente de mi coche con una atención casi exagerada.

—¡Un ejemplar muy fino, en cualquier caso!

Su comentario me pilla desprevenido, aunque me mira con cara de diversión. Tardo unos segundos en darme cuenta de que se refiere a mi coche. ¡Claro!

Asiento con convicción y me muerdo el labio. ¡Tengo que controlarme, maldita sea! Pero no es fácil, mi corazón empieza a latir demasiado rápido. Pasado, presente, toda la mierda que he tenido que tragar en este lugar.

¿Por qué carajo quería volver? ¿Para ganar por fin?

¿Pero sobre qué? ¿Sobre quién, sobre todo?

¿En todos los demás? ¿En quiénes me hicieron tanto daño, aprovechándose de mi vulnerabilidad?

No, todo son mentiras. Todo es una mierda.

En mí mismo. Eso es a quien quería conquistar.

Solo en mí.

CAPÍTULO 2

Lance

Tengo que controlarme y concentrarme en el presente. Si no, empezaré a sentirme muy incómodo. No quiero que Kendall note mi estado; si no se acuerda de mí, ¡mucho mejor!

Siento una extraña energía entre nosotros, una corriente que no había sentido en mucho tiempo. Pero también está el hecho de que, sin duda, es un chico guapo, y estoy demasiado tenso. Tanto que empiezo a preocuparme de que de repente se dé cuenta de quién soy y se aleje indignado.

Necesito recomponerme y recuperar el control, sobre todo de mis pensamientos. Pero hay una voz, una voz insistente dentro de mí que no me deja ir, que no me da paz.

"Ten cuidado", repite, incesante y amenazante. "¿Recuerdas lo que pasó la última vez que intentaste confiar en alguien en Magnolia Crest?"

Lo recuerdo. Claro que lo recuerdo, ¿cómo podría olvidarlo?

***

Basta un instante de absoluta desorientación para sentirme arrastrado más de diez años atrás. Como un túnel, desde el cual no puedo percibir ni un rayo de luz. Así que me encuentro en el pasillo del instituto, frente a las taquillas grises y opacas, con ese aire opresivo que sentía envolviéndome día tras día.

Tenía dieciséis años, una carpeta llena de mis bocetos que representaban varios escenarios de Magnolia Crest y, como siempre, intentaba desesperadamente evitar la zona donde solían reunirse los jugadores de fútbol. Evitarlos se había convertido en mi misión diaria durante un tiempo. Sobre todo desde que me habían engañado sobre mi improbable talento y luego me habían ridiculizado e insultado.

Ese día no importó. Pero a menudo mi misión se volvía imposible porque eran ellos quienes me seguían, sin darme salida. Me pisaban los talones. Por la única razón de la que me había convertido en su fuente diaria de diversión.

—¡Mira a quién vemos, Sayer!

Daryl Carver, mariscal de campo y líder absoluto de la "Magnolia High", además del chico más popular de la escuela, se había convertido en el líder de mis perseguidores. Me había arrebatado la carpeta donde había guardado todos mis sueños, todas mis esperanzas.

—¡Veamos qué hay aquí! —se echó a reír, dejando que mis dibujos se deslizaran entre sus dedos regordetes. —Lo de siempre. ¡Qué buena mierda! ¡Qué buena mierda de marica, eh, Sayer!

Seguía riendo. Reía y reía, como si fuera lo único que podía hacer. Mientras tanto, los demás, sus seguidores y cómplices, lo imitaban, casi compitiendo para ver quién reía más fuerte, complaciéndolo.

Con un pequeño empujón, Daryl me estrelló contra las taquillas, obligándome a golpearme el hombro con fuerza. Era casi el doble de grande que yo y era jugador de fútbol americano, así que no le costó mucho esfuerzo. Mientras tanto, mis dibujos cayeron al suelo. Los dejó caer, fingiendo que se le habían resbalado de las manos sin querer. Su expresión tonta, casi de arrepentimiento, ocultaba una sonrisa horrible y cruel. Luego se alejó, pisoteándolos con sus grandes y pesados pies. Y los demás, por supuesto, lo imitaron, riendo disimuladamente con satisfacción.

Maldito, Daryl Carver. Malditos todos. Malditos los que hicieron la vista gorda y permitieron que pasara. Maldita Magnolia Crest.

Solo un pensamiento cruzó por mi mente en ese momento. Irme. Irme ya y no volver jamás. Técnicamente imposible en ese momento. Tenía dieciséis años y no quería contarle todo esto a la tía Jane. Ya estaba demasiado preocupada y últimamente no se sentía bien. No podía saber por lo que estaba pasando, al menos no todavía. Así que solo podía hacer una cosa: resistir.

***

El sonido del capó cerrándose me devuelve al presente, mientras mis recuerdos se desvanecen en una nube de impaciencia y dolor.

Pego un salto, aunque no fue una gran sorpresa. Kendall me mira pensativo, pero luego sonríe y se encoge de hombros.

—Tenías razón, la batería está muerta—. Arruga la nariz y niega levemente con la cabeza. Un mechón de cabello claro se escapa de la goma y le cae sobre la cara, haciendo su mirada aún más provocativa.

Claro, nunca pensé que Kendall Henderson pudiera llegar a ser tan atractivo. Para ser sincero, nunca había pensado en Kendall Henderson en general. No de esa manera.

Intento concentrarme para no perder el control de la situación por completo.

—Está bien, entonces debería llamar a alguien...

—No hace falta, tengo unos cables en el furgón. Puedo recargarte, si quieres.

Se ofrece espontáneamente, es amable. Una cortesía que no le corresponde a Magnolia Crest. No conmigo, al menos. No en mis recuerdos.

Tengo ganas de negarme, ni siquiera sé por qué.

La verdad, lo sé. Para evitar tener cualquier tipo de relación con él. Para evitar conocerlo mejor, para evitar estar en deuda con él.

En lugar de eso, me encuentro asintiendo, como una marioneta completamente hechizada por su mirada benévola, su actitud solidaria.

—Gracias.

—No hay problema—. Sonríe y me guiña un ojo. —Blue Belle y yo estamos a tu disposición.

Blue Belle es el nombre que daba a su furgón, una vieja Chevrolet azul claro cubierta de manchas de pintura y pegatinas de música jazz y country.

Trabaja con rapidez y eficiencia, como un auténtico experto, un auténtico maestro del oficio. Conecta los cables mientras yo lucho contra la clara y amenazante conciencia de su presencia.

Tengo que acostumbrarme a su impresionante físico, me guste o no, y rendirme a la evidencia de que Kendall Henderson se ha vuelto así. Atractivo de una manera descarada e irresistible. Me veo obligado a familiarizarme con su cuerpo musculoso, pero atlético, la firme línea de su mandíbula, los hoyuelos que se forman cuando frunce los labios, concentrado en su trabajo.

Pero, en lo que a mí respecta, desear a Kendall Henderson está fuera de cuestión. Sería como encerrarme en la guarida de un lobo y esperar a que me despedacen vivo. ¡Me daría igual ponerme una pistola en la cabeza y apretar el gatillo yo mismo!

Mientras tanto, mi viejo amigo también parece estar respondiendo favorablemente a su tratamiento. De hecho, se queja, tose un poco más fuerte y finalmente decide irse.

Suspiro de alivio.

—¡Genial!—, lo admito, sinceramente. —¡No sé cómo agradecerte, de verdad!

—Mmm... —Me mira y arruga la nariz. Tengo la sensación de que me está analizando, pero me equivoco. Kendall Henderson no puede ser... Bueno, no puede ser, ¡así que no tiene sentido que lo piense! ¡Definitivamente, no lo es! —Con gusto tomaría una cerveza como agradecimiento. Si te animas, claro.

Me sonríe con una sonrisa incitante, quizá demasiado incitante. ¡Tengo que contener mis fantasías eróticas con este hombre, joder! Pero, por la mirada que me dirige, no parece muy dispuesto a ayudarme.

—¡Trato hecho!—, me oigo responder antes de poder pensar racionalmente. Una cosa es segura. No puedo ni debo arriesgarme con él. Un malentendido, incluso inocente, podría llevarme aquí. Antes de siquiera empezar.

—¡Bien!

Su entusiasmo ahora me parece desproporcionado. O quizás sea solo su actitud en general, no solo hacia mí. Intento apartarme de todos modos, antes de que la situación (y sobre todo mi impulso interior) se agrave.

—De hecho, me gustaría ir primero al pequeño bed and breakfast donde me alojaré, si no te importa. —¿Intento deshacerme de él? Sí, quizás. Pero me doy cuenta de que es una solución temporal. —Solo he alquilado una habitación por ahora. La dueña alquila a corto y medio plazo. Luego quizá busque un apartamento propio...

—Claro, lo entiendo—. Asiente con comprensión. —Primero tienes que decidir si te gusta este lugar lo suficiente.

—Ya.

No se trata del lugar. Él no puede saberlo. Obviamente no puede entenderlo. O quizás, en ese momento, simplemente no le importó. Era un niño, igual que yo. Pero Kendall era dos años más joven.

La ubicación es perfecta. Magnolia Crest es un rincón maravilloso del mundo donde puedes establecerte, planificar tu futuro y respirar aire puro.

Se trata de la gente. De la gente con la que probablemente él nunca ha tenido nada que ver. Al menos no como yo. De la gente que no es tan amable y servicial como él lo fue conmigo hoy.

—Te acompaño, si quieres—. Sonríe, con esa expresión suya tan acogedora que me está costando cada vez más controlarme. —Quiero decir, te seguiré de vuelta a tu bed and breakfast, en caso de que tu "pequeño" empiece a portarse mal de nuevo.

Lo miro y asiento. Su rostro parece tan honesto, tan sincero, que casi me conmueve. Pero si llorara ahora, seguramente pensaría que estoy loco y saldría corriendo. Sin darse cuenta de que no se trata de mí, ni siquiera de él. No se trata de un hombre de veintinueve años llamado Lance Sayer que acaba de llegar a Magnolia Crest. Se trata de un chico de dieciséis años, asustado, perdido ante el descubrimiento de su sexualidad, que intenta encontrar refugio, escapar de una pandilla de abusadores y de personas que nunca le han mostrado la más mínima comprensión, el más mínimo apoyo.

—Muchas gracias, Kendall—. Miro fijamente a los ojos de él. A pesar de todo y de todos, de sus preferencias y de lo que pueda estar malinterpretando sobre su actitud hacia mí, creo que estoy bastante seguro de una cosa: Kendall Henderson es una buena persona. —¡Creo que realmente te debo esa cerveza!

CAPÍTULO 3

Lance

Sé adónde voy, aunque le fingí a Kendall que no conocía la zona. Me siento como un mentiroso, pero por ahora mantengo la vaguedad. Además, ni siquiera sé si podré quedarme aquí el tiempo asignado. Fue un reto, uno de muchos que he enfrentado a lo largo de mi vida, que quise imponerme en mi proceso de crecimiento y sanación. Junto con terapia para ayudarme a superar traumas no resueltos y clases de artes marciales y defensa personal. Aunque me doy cuenta de que quizás esta vez me excedí. Me pasé un poco, considerando mi persistente "emocionalidad" hacia este lugar. Es mi punto débil, en resumen.

La habitación que reservé, en el bed and breakfast de Eloise Carrington, está justo a la entrada de Magnolia Crest, no lejos del puente. Mi elección no fue para nada aleatoria; era como si me estuviera preparando para huir si las cosas me salían mal. Además, me aseguré de que la dueña hubiera llegado cuatro años después de mi partida para hacerse cargo de la pequeña librería anexa al bed and breakfast. Así que, como no había estado allí antes, seguro que no me reconocería.

Vuelvo a mi coche, que ahora se marcha sin problemas. Tendré que buscar a alguien que me lo arregle, pero por ahora, con llegar a mi alojamiento me basta. Miro por el retrovisor; Kendall me sigue en su furgón, como prometió. Blue Belle, así lo llamó. Sonrío para mis adentros y niego con la cabeza.

Lo que sea que sienta o quiera sentir por él es absurdo y ridículo. Y, sobre todo, debe terminar aquí y ahora, en su mismo principio. Es solo un chico guapo, amable y simpático. No puedo complicarme la vida con él.

Dejo de lado mis sentimientos sobre el hombre que me sigue y me concentro en el camino. Como esperaba, el bed and breakfast no está muy lejos del puente. Lo veo aparecer a lo lejos y me muerdo el labio con fuerza.

Este es el momento decisivo. También podría optar por girar, dar marcha atrás y... Bueno, mi Honda probablemente no me sostendría mucho tiempo, y seguiría atascado en medio de la carretera, pero...

Suspiro y cierro los ojos un momento. Ya estoy aquí. Después de todo, me he comprometido con la escuela. Cambiar de opinión y volver es imposible, sobre todo porque, mientras tanto, he cancelado el contrato de arrendamiento de mi apartamento en Chicago.

Así que aparco justo enfrente del bed and breakfast de Eloise Carrington, el "White Magnolia", anexo a la librería "Magnolia Chapters". Los letreros han cambiado un poco y el exterior se ha repintado, pero Eloise ha conservado los nombres que les dieron los antiguos dueños, quizás para no molestar demasiado a los residentes. La gente de aquí nunca ha sido especialmente imaginativa.

Miro por la ventana antes de salir. El edificio ahora parece sacado de una novela gótica, pero está pintado en tonos pastel que contrastan. La terraza es acogedora, con columnas blancas ligeramente desportilladas y macetas con magnolias y azaleas en los escalones que conducen al interior. Una luz cálida se filtra por las ventanas, adornadas con delicadas cortinas pastel.

Respiro hondo y salgo del coche. Miro con gratitud a Kendall, que ha aparcado su furgón justo detrás de mí.

Podría irse ya, ¿no? He llegado sano y salvo, su misión está cumplida. Levanto la mano para saludarlo. No tiene sentido que me siga; no necesito compañía ni apoyo moral para entrar en el bed and breakfast "White Magnolia".

Pero parece pensar lo contrario porque, contrariamente a mis expectativas, se baja de su Blue Bell y se acerca a mí. Me clava sus ojos azules y luego señala la entrada con la cabeza.

¡Está bien! Subimos las escaleras y cruzamos la entrada para llegar a la pequeña recepción. Pero a mitad de camino, una mujer de edad indeterminada, que aparenta treinta y pocos años, se acerca a nosotros con una amplia sonrisa dibujada en los labios. Cabello castaño rojizo, ojos color avellana y mirada traviesa; por su foto de perfil de Facebook, se parece mucho a Eloise Carrington. Lleva una camiseta rosa y blanca con el lema: *"Romance Books Save Lives"*. Bueno, al parecer le gusta el romance. Ojalá pudiera decir lo mismo, pero siempre he tenido muy mala suerte en las relaciones, así que mejor lo dejo atrás.

—Buenos días… eh… —Intento superar la incomodidad; interactuar en persona es cada vez más incómodo, al menos para mí. —Hablamos por teléfono y luego por Facebook. Me llamo Lance Sayer, alquilé una habitación para…

—¡Claro que sí! —Sonríe y junta las manos, luego se acerca hasta quedar justo frente a nosotros. Tiene una estatura promedio para una chica, pero tiene que levantar la cabeza para mirarnos—. ¡El nuevo profesor! Te estaba esperando justo hoy, Lance. ¡Bienvenido! Soy Eloise—. Su mirada se dirige a mi compañero y ríe divertida. —¡Kendall Henderson! ¿Tú también necesitas un lugar donde quedarte? ¿Por fin has decidido escaparte de casa?

El tono provocador de Eloise me hace sonreír. Y no solo a mí; Kendall también parece reírse.

—Todavía no, Eloise—. Arruga la nariz con esa mueca suya que puede ser seductora y adorable a la vez, al menos para mí. —Acabo de dejar a Lance aquí; tuvo un problema con el coche.

Pero el chiste de Eloise no se me escapó. Intento no sobre analizar el asunto y tomarlo como lo que es: un chiste.

Mientras tanto, aprovecho para echar un vistazo. En las paredes del bed and breakfast cuelgan fotografías en blanco y negro de Magnolia Crest de diversas épocas. Reconozco el puente, el centro del pueblo, las primeras tiendas.

—Te di la habitación con vista al río, si te parece bien—. Eloise me llama la atención y me entrega un pequeño llavero de madera con una flor de magnolia blanca dibujada. —Por lo demás, estoy disponible para cualquier aclaración o consejo. Si no me encuentras aquí, estoy en la librería; de todas formas, tienes mi número. Quiero que te sientas como en casa en Magnolia Crest. Sé lo difícil que puede ser adaptarse a una ciudad nueva donde no conoces a nadie. ¡Te añadiré a nuestro grupo local!

—Gracias—. Trago saliva con fuerza y asiento. Obviamente, ella no lo sabe, es imposible que conozca mi historia aquí. En fin, es mucho mejor así. Aprovecho para agradecerle también a Kendall; no creo que deba demorarse más. —Gracias también por el rescate. Fuiste muy amable.

Sonríe, pero parece un poco decepcionado, como si se hubiera dado cuenta de que intento ignorarlo y estuviera molesto. Creo ver una ligera sombra en sus ojos azules, pero quizá sea solo yo. De repente, recuerdo la cerveza que debería ofrecerle, pero decido que, en cualquier caso, no es el momento de conocerlo mejor.

—De nada. Es un pueblo pequeño, nos ayudamos siempre que podemos... — Se recompone y me responde, aunque parezca una declaración casual. Parece un poco incómodo, baja la mirada un momento y se toca la nuca. Luego frunce el ceño ligeramente, como si reflexionara sobre algo. Pero al final se da por vencido. — Nos vemos entonces.

—Claro, gracias de nuevo.

Kendall también le hace un gesto a Eloise y luego se da vuelta y se va.

Charlo con ella unos minutos, quizá para asegurarme de que Kendall se ha ido de verdad, antes de salir a buscar mi maleta y mi mochila del coche. Finalmente, me retiro a mi habitación en el primer piso con la excusa de descansar un poco.

Es luminosa, fresca y acogedora, con sábanas color crema y una ventana que da directamente al puente, ahora con una luz tenue, pues el sol se acerca al ocaso. Me quedo allí, observándolo, y luego cierro los ojos. No debo pensar en ello. No quiero pensar en ello. Ha pasado tanto tiempo. Ya no soy el mismo niño indefenso que era hace más de diez años.

Aquí nadie ha permanecido igual, o al menos eso espero. Incluso Kendall Henderson, de esto estoy completamente seguro, no ha permanecido igual, aunque nunca antes tuve una idea clara de cómo era realmente.

Me aparto de la ventana, me siento en la cama y saco el teléfono de la mochila. Inesperadamente, me inundan una serie de notificaciones de mi cuenta de Facebook. Al parecer, Eloise me ha añadido al grupo local *"Amigos y Vecinos de Magnolia Crest"*, creando una publicación de bienvenido solo para mí. Habría sido mejor evitarlo, por mi parte, pero no sabía qué excusa inventar para convencerla de que desistiera.

Suspiro y dejo que fluyan los comentarios, unos veinte.

La mayoría son muy similares. *"¡Bienvenido, Lance!"*

Algunos intentan adoptar un tono más formal. *"Bienvenido, profesor Sayer"*. Otros adoptan un tono más cálido. *"¡Excelente proyecto! ¡Estamos deseando ver el mural!"*, *"Gracias por elegir nuestro pueblo y nuestra escuela"*.

Todo bien, intento relajarme lo máximo posible. Sigo navegando hasta que un comentario me llama la atención.

"Bienvenido de nuevo, profesor."

Sin emojis. Sin signos de exclamación. Solo esas cuatro palabras, pero tras ellas se esconden sospechas e insinuaciones.

Una intensa inquietud me invade y un escalofrío me recorre la espalda.

Cierro los ojos de golpe, como si pudiera hacerlo desaparecer, así como así. Y, lo más importante, podría hacer desaparecer el nombre de quien lo escribió.

Daryl Carver. Mi perseguidor. Sigue aquí. Claro, ¿dónde más estaría el "chico de oro" de Magnolia Crest? ¿Buscando fortuna en otro lugar?

No, siempre tuve claro que Daryl nunca se iría. Al menos no a largo plazo. En fin, no me interesa investigar su perfil.

Dejo el teléfono sobre la cama y me levanto, volviendo a la ventana. Mi reflejo en el cristal ahora parece oscuro, casi distorsionado, mientras tengo la clara sensación de que el Magnolia Bridge, a través de sus listones, me sonríe con un agujero enorme y desdentado que, sin embargo, parece más una mueca malvada.

¡Maldita sea mi imaginación desbordante! No la necesito ahora mismo. Pero mientras tanto, mi corazón late con fuerza con los recuerdos, y la sensación es como un puño cerrado contra mi esternón.

Vuelvo a la cama y me recuesto en el colchón. Tomo mi teléfono y lo levanto, recuperando la publicación de Eloise y luego concentrándome en ese mismo comentario, esas cuatro palabras escritas por Daryl Carver. Como si pudiera cambiarlas con el poder de mi mente y hacerle olvidar que estoy aquí. Igual que entonces, ese pasado en el que me arriesgo a caer mucho antes de lo que podría haber imaginado.

"Bienvenido de nuevo, profesor."

Mis peores expectativas parecen haberse hecho realidad ya.

Bienvenido de nuevo. Como un anzuelo que te atrapa y te retiene justo cuando te convences de que has nadado fuera de la corriente, de que estás a salvo.

Cierro sesión en Facebook, apago el teléfono. Me quedo ahí tumbado. Todo está bien ahora. Ya soy mayor. Pero por dentro, me siento como aquel chico de dieciséis años, pegado a mi taquilla del colegio otra vez. Aun así, a pesar de todo. A pesar de mi progreso, a pesar de todos mis viajes, de todos los retos que he enfrentado y superado en lugares sin duda más grandes y competitivos que este pueblo.

Pero este desafío, en particular, quizás debería haberlo dejado pasar. Debería haberme dado por vencido, haber evitado someterme a esta presión.

Ya no soy un niño indefenso; soy un adulto de casi treinta años que ha aprendido a luchar, a defenderse. Un profesor, como bien lo señaló el propio Daryl Carver. Con un proyecto importante para los estudiantes de "Magnolia High". Un proyecto que habla de esperanza.

Estoy aquí porque lo quise. Y lo quise porque estoy decidido a luchar por mi recuperación final y superar este último obstáculo.

Magnolia Crest. Magnolia Bridge. Magnolia High.

Mis recuerdos, las crueldades que tanto me dolieron. El deseo de volverme invisible para no ser condenado a sufrirlas.

Ya no soy invisible, lo sé. Y, dada mi posición, ni siquiera debería querer serlo.

¿Cómo puedo esperar contribuir al crecimiento y desarrollo de los adolescentes si yo mismo todavía siento miedo hacia esa fase de mi pasado?

Tengo que crecer, tengo que superar mi doloroso pasado. Por eso acepté este trabajo. Necesito empezar de nuevo, renacer. Y para ello, tuve que volver aquí, a Magnolia Crest.

CAPÍTULO 4

Kendall

El sonido del cepillo contra el cedro es mi metrónomo matutino; ha marcado el tiempo y los pensamientos desde que, a los trece años, empecé a trabajar en la carpintería del abuelo Amos. Ahora su viejo cobertizo es mío. El letrero "Wonder Woodcrafts" se destaca en la pared de chapa metálica; el olor a resina es agradablemente embriagador. Cada tabla que lijo es como si me contara una historia. Pero hace unas horas, todas estas historias empezaron a entrelazarse y a converger en la de un hombre de cabello oscuro y ojos verdes.

Porque ya es un hombre, igual que yo. Y ha vuelto, después de tantos años. Justo cuando menos esperaba volver a verlo.

Fingí no reconocerlo, pensando que era mejor así para evitarnos vergüenza a ambos. O quizás para evitar que se retirara y huyera apenas unos minutos después de llegar a Magnolia Crest. En cualquier caso, aunque nuestra diferencia de edad es mínima ahora, en ese momento no creo que se fijara en mí, salvo, probablemente, por mi nombre. Solo por eso pudo saber de mi existencia.

Suspiro y niego con la cabeza. No quiero pensar en él. No demasiado, al menos. No más de lo necesario.

Lance Sayer nunca se ha interesado por mí, y no creo que eso cambie ahora, aunque ambos hemos crecido. Él está aquí con otro propósito, y yo...

Cierro los ojos un momento y luego los vuelvo a abrir. Me siento muy cansado. De hecho, no, me siento frustrado. Pero tengo que concentrarme en el trabajo. Esta es la vida que he elegido y tengo que adaptarme a ella. La alternativa sería... ¿Qué?

¿Dejar como lo hizo Lance hace todos esos años?

Me paso una mano por el pelo, sintiendo un nudo en la garganta. A pesar de todo, nunca he tenido tanto coraje. Me fui, sí, por un tiempo, pero nunca definitivamente, como si siempre hubiera habido un resorte dentro de mí, un gancho que me obligaba a volver a la base.

Siempre he hecho mis tonterías en otros lugares, he vivido mis historias en otros lugares. Y, aunque me importan poco, siempre las he vivido en ciudades donde era un extraño y era mucho más fácil perderse, pasar desapercibido. Porque aquí… aquí no se puede hacer eso, aquí hay que mantener cierto decoro. Adaptarse. Adaptarse a lo que no soy y nunca seré.

Me muerdo el labio, intentando ahuyentar los pensamientos opresivos. El trabajo es mi salvación, siempre lo ha sido, desde niño. Ahí puedo concentrar todas mis energías y mis frustraciones reprimidas sobre lo que quiero y lo que no puedo ser. Lo que me gustaría tener y lo que no puedo.

Mientras mi mano derecha agarra el cepillo, la otra estabiliza la madera. Los músculos de mis antebrazos arden en su punto justo, y estoy inmerso en la agradable y satisfactoria sensación de poder producir algo. Tengo que intentar mantener este estado, al menos tanto como sea posible.

Pero mi verdadero "problema" es que, por mucho que mantenga mi cuerpo ocupado, mi mente... bueno, ¡esa perra ha emprendido el vuelo y está dando vueltas cada vez más incesantemente alrededor de Lance Sayer!

Tras dejarlo en la pensión de Eloise Carrington, no podía sacármelo de la cabeza. De hecho, para ser sincero, tuve que obligarme a irme, a distanciarme de él cuando mi presencia allí se volvía cada vez más sospechosa y mi disposición a ayudar a un recién llegado era realmente increíble.

"Es un pueblo pequeño, nos ayudamos siempre que podemos..."

¡Todo es una tontería! ¡Tonterías que ni yo mismo me creería! Y Lance tampoco se lo creerá, después de todo lo que pasó en Magnolia Crest. Porque fue este pequeño pueblo donde todos se ayudan siempre que pueden, lo que lo obligó a huir, a irse.

Lo cierto es que no puedo dejar de pensar en él ahora que ha vuelto. Su mirada sensual, su cuerpo atlético, el tono de su voz, ahora más maduro, más decidido, aunque todavía un poco desconfiado, cauteloso, como si estuviera decidiendo si podía confiar en alguien, y en mí en concreto.

Debo admitir que no se equivoca del todo. Incluso si yo fuera él, desconfiaría de la mayoría de los habitantes de Magnolia Crest.

Lo que Lance quizá aún no sepa es que, le guste o no, tendrá que seguir tratando conmigo, ya que a través de mi trabajo suelo colaborar con la escuela, que envía solicitudes directamente a mi taller de carpintería.

No es que quiera imponerle mi presencia, pero... Me detengo, bajo el cepillo, coloco mis herramientas y luego me masajeo el cuello, presionando ligeramente con los dedos.

Él entenderá quién soy. No solo mi nombre, quiero decir. Él entenderá cómo soy, eso es todo.

¡Rayos, ni siquiera puedo decirlo! Hasta ahora, mi existencia aquí ha estado condicionada. Pero, a pesar de eso... cuando Lance se dé cuenta, ¿cambiará algo?

¿Estará dispuesto a conocerme y a darme una oportunidad? ¿Sentirá algo por mí?

Pero ese es precisamente el punto. ¿Podría sentir algo por el hijo del hombre que, en lugar de ayudarlo a defenderse y protegerlo, contribuyó a destruir su existencia, haciéndole la vida imposible en Magnolia Crest, hasta el punto de obligarlo a irse?

**

Estoy volviendo al trabajo, intentando no distraerme. Sobre todo ahora que han llegado los chicos para echarme una mano. Desde que los contraté, hace unos tres años, para que me ayudaran a gestionar mi taller de carpintería cuando la carga de trabajo se intensificó, mi vida ha mejorado muchísimo. Cole Young y Benjamin Reed se han convertido en un verdadero apoyo para mí, irremplazables ahora.

Trabajamos en perfecta armonía, como en simbiosis. Ya me conocen y son capaces de interpretar mis peticiones a la perfección. Y mi estado de ánimo, para ser sinceros, también. Hoy, por ejemplo, se han dado cuenta de que tengo la cabeza en otra parte y me observan en silencio, como si no se atrevieran a relajarse en la habitual atmósfera desenfadada y divertida que creamos mientras trabajamos. ¡Incluso olvidé poner la radio! Y la música siempre ha sido un gran apoyo cuando trabajo. Esta mañana, absorto como estoy en lo que se ha convertido en mi obsesión desde ayer, ni siquiera pensé en ello.

Soy un idiota, me doy cuenta.

Soy un idiota grande, gordo y divagante.

Un idiota que se pregunta cómo Lance se las arreglará con este lugar y esta gente. Si tiene el coraje para...

¿Hacer qué? Lance Sayer ya casi tiene treinta años; ya no es el niño que sufría el acoso constante de sus compañeros y la indiferencia y el ostracismo de los adultos de Magnolia Crest. El niño al que no pude defender por miedo a sufrir lo mismo.

Fui un cobarde, y hasta cierto punto lo sigo siendo. La cobardía probablemente se te mete en la sangre, en los huesos, al crecer aquí. O quizás, en mi opinión, no depende del contexto en el que vivo. Ya soy así por naturaleza.

—Jefe, las tablas requeridas por la escuela están listas—. Cole, con una mirada vagamente sospechosa, se acerca a mí. Se pasa las

27

manos por su cabello rubio, muy corto, y frunce el ceño ligeramente. —Eh... ¿estás bien?

Pero mi comprensión se detuvo en su frase anterior.

"Las tablas requeridas por la escuela están listas."

Solamente me doy cuenta de esto cuando Cole continúa mirándome con dudas.

—Están listas... — repito mecánicamente.

—Sí, exacto. La semana pasada recibimos solicitudes de "Magnolia High" para la clase de arte. Creo que es el nuevo curso de verano. ¿Quieres que Ben o yo vayamos a entregarlas, o...?

¡Maldita sea, hice el pedido y aún no sabía quién impartía ese curso!

—¡No!—, digo bruscamente. Cole abre mucho los ojos y capto la atención de Ben que normalmente es tranquilo, el ser más calmado y sereno que conozco. —O sea... me encargo. Las entrego yo.

Quizás no tenga mucho sentido, lo sé. Para ello, tendré que abandonar la tabla grande que formará parte de la barra del "Hawthorne Diner", que estoy terminando de arreglar. Miguel Obregón, el dueño, llegará en cualquier momento.

—¿Necesitas ayuda para cargarlas en el furgón, jefe?

—¡No, lo haré yo mismo! Quizás acabes aquí, mientras yo...

—¡Claro, no hay problema!— Cole asiente con su habitual sonrisa espontánea. Incluso logra fingir que no se ha dado cuenta de que estoy fuera de mí hoy. Más de lo habitual, al menos.

¡Bien hecho, Cole! ¡Genial, Cole! No me hagas preguntas que no puedo responder.

No me preguntes por qué carajo insisto en ir a la escuela, cuando la mayoría de las veces te envío a ti, a Ben, o a ambos allí.

—Miguel debería estar aquí para recogerla—. Ignoro la barra que estoy terminando y cambio de tema. —Bueno, llevaré las tablas a la escuela. Tengo un recado que hacer mientras tanto, así que... — Suspiro y extiendo los brazos, dejando la frase sin terminar a propósito.

¿Me estoy justificando? Es evidente porque, mientras tanto, también me estoy agarrando a un clavo ardiendo. Cole y Ben siguen observándome, un poco perplejos, pero no hacen preguntas y asienten, como si estuvieran de acuerdo. Quizás solo sea yo. No sospechan nada; soy yo quien me siento expuesto, como si mis pensamientos estuvieran en exhibición y me vieran obligado a defenderme.

Salgo a cargar el furgón; es la mejor manera de salir de esta situación que me está creando una incomodidad absurda. Pero es como si la idea de volver a ver a Lance me obligara a actuar, a ponerme en marcha. Una tentación que no puedo resistir, sobre todo porque me evoca el mismo terror mezclado con el deseo que sentía por él cuando era un adolescente despistado, lidiando con la primera y devastadora revelación de mi propia sexualidad.

Tenía quince años, y mis primeros impulsos verdaderos fueron hacia un chico que reconocí como alma gemela. Y ese chico, completamente ajeno a mí y a mis sentimientos, era Lance Sayer.

—¡Hola, hermano! —La potente voz de Miguel Obregón y su saludo habitual me obligan a recomponerme rápidamente y, sobre todo, a volver al presente. —¿Alguna novedad sobre mi nueva y reluciente barra? ¡Planeo emborrachar a todos en Magnolia Crest y hacerme rico!

—¡Tienes suerte, Miguel! ¡Ya casi está lista! —Echo un vistazo rápido a mi taller de carpintería. —Cole le está dando los últimos retoques.

—¡Fantástico! —Miguel me da una palmadita en el hombro con una de sus enormes manos. Además de ser corpulento, mide más de dos metros de altura, e incluso yo, con casi un metro con noventa, parezco bajo a su lado. —La mejor noticia del día. Aparte de la llegada del profesor, creo.

Mientras aún dudo entre fingir que no sé nada sobre él y admitir que ya lo conozco, Miguel se me adelanta.

—Vi a Eloise Carrington esta mañana. Me contó de su llegada—. Me mira, entrecerrando ligeramente sus ojos oscuros. —O, mejor dicho, de su regreso.

Mira, Miguel lo sabe todo. De hecho, si no todo, Miguel sabe bastante. Y también sabe de mí, al menos en parte. Así que puedo evitar esconderme y estar constantemente a la defensiva porque a él no le importa mi orientación sexual ni la de nadie más.

—Sí—. Asiento, pero preferiría no pasarme, ni siquiera con él. Pero estoy decidido a confrontar a Lance, sobre todo porque supongo que otros lo reconocerán o lo recordarán. —Me voy, Miguel. Avísame si te gusta la barra y si todo va bien. Quizás me pase por el "Hawthorne Diner" más tarde para celebrarla.

Termino de cargar las últimas tablas en mi Blue Belle, me subo al volante y me dirijo hacia "Magnolia High". Siento que me arde, como si me atormentara un nudo en el estómago. O quizá sea el corazón, una sensación que no puedo explicar racionalmente.

¿Qué querría para mí? ¿Qué querría realmente?

Es difícil de explicar cuando mi corazón y mi mente me llevan por caminos opuestos. Si a eso le sumamos mis sentidos, estoy completamente perdido.

Enciendo la radio para distraerme. Está sintonizada en mi programa habitual de música country, uno de mis géneros favoritos y también el que más me gusta poner. La voz profunda de George Strait me envuelve, pero al mismo tiempo, *Cross My Heart* es una canción demasiado romántica para mi estado emocional actual. Y, como a propósito, me ayuda a retroceder en el tiempo. Al baile del instituto de hace muchos años, aquel en el que Daryl Carver y su pandilla se divertían persiguiendo a Lance Sayer por los pasillos.

Fue muy valiente al regresar aquí, ¡no se puede negar! Quizás espera que el ambiente sea más ligero, más tolerante. Sin embargo, todo sigue igual. Por mucho que cambien los tiempos, lugares como Magnolia Crest nunca se transforman; permanecen firmemente anclados en el pasado, en tradiciones retrógradas y legados que jamás permitirán el cambio ni una apertura que pueda conducir a la inclusión.

Llego a la escuela y aparco justo delante de la entrada. Salgo, entro y cruzo el vestíbulo. Me siento nervioso, como si los recuerdos me asaltaran de repente. Sin embargo, es un lugar que frecuento bastante por mi trabajo. E incluso paso por allí varias veces.

Pero ahora, más de diez años después, me invade la vergüenza de no haber intervenido nunca, de no haber ayudado nunca a Lance, y de haberme refugiado en mi propio mundo exclusivo, donde sabía que estaría protegido y a salvo. Donde, sobre todo, sabía que nadie vendría a agarrarme, a golpearme contra las taquillas, ni a tirarme al suelo, a lastimarme, a insultarme, ni a destruirme psicológicamente.

En fin, ya estoy aquí. Los dos estamos aquí. Y tengo que parar estas absurdas incursiones en un pasado que no puedo cambiar y que involucra a un chico que definitivamente nunca tendré.

Me dirijo al aula de arte. No es la primera vez que mi taller de carpintería colabora con diversas actividades escolares y extracurriculares de "Magnolia High". Disfruto ayudando a los niños a experimentar y descubrir sus talentos.

Llamo a la puerta del aula, que conozco muy bien, y espero a que me invite a entrar. Al hacerlo, lo busco en la gran sala, entre los pupitres, las filas de caballetes y los cajones llenos de témperas. Reconozco su voz; sé que está aquí. Cuando emerge de detrás de un lienzo, con el pelo castaño oscuro peinado hacia atrás, pero un mechón suelto cayéndole sobre los ojos, siento que el corazón me late con fuerza, igual que hace diez años.

Lance parece más tranquilo, más relajado. Definitivamente, menos cansado y perdido que ayer. Y, lo que es peor para mí, es aún más atractivo, con esos ojos verdes que parecen clavarse en mí, como si me desafiaran.

—¡Hola! —Es el primero en recomponerse y hablar. Y también me sonríe, con una mirada incitante que me golpea el pecho, a medio camino entre la dulzura y la provocación. —¿Cómo estás?

—Estoy bien, yo... —Me muevo con dificultad, sintiendo que me balanceo de un pie a otro, como alguien que intenta aprender a bailar, pero está demasiado débil para hacerlo bien. —Traje las tablas que me pidieron del taller de carpintería la semana pasada. Me acabo de dar cuenta de que... —Me encojo de hombros, dejando la frase sin terminar por un momento. —O sea, que habrías sido tú.

—¡Sí, qué coincidencia! —Se acerca a mí con una expresión tranquila y dichosa, desafiando mi vergüenza. —¡Genial! ¡Gracias, Kendall!

De repente, se detiene a unos pasos de mí y guarda silencio. Sus ojos verdes me miran fijamente, como si rememoraran un pasado del que ambos hemos tomado consciencia de repente, en este preciso instante. Me quedo paralizado, mirándolo fijamente, sin decir palabra.

—Te ayudaré a descargarlas. —Ladea la cara y me sonríe, rompiendo el silencio.

—Oh... no... no es necesario—. Siento que me acaloro, aparto la mirada de él y me paso una mano por el pelo, esperando recuperar el control. ¡Joder, tengo que controlarme! —Están afuera, en el Blue Belle. ¡Voy a buscarlas!

—No es justo que hagas todo el trabajo duro solo, Kendall—. Él pasa junto a mí en dirección a la puerta y luego se gira hacia mí. —¿Qué decías anoche? Es un pueblo pequeño, nos ayudamos siempre que podemos...

Bueno, no tiene nada que ver con este contexto. Pero lo que Lance Sayer quiere decir ahora es otra cosa. Lo entiendo, y él sabe que lo entiendo. Y él sabe que yo sé que él sabe. En resumen, sin andarme con rodeos, creo que me está haciendo saber que sabe exactamente quién soy y, ahora mismo, está usando esa frase mía en mi contra. En cualquier caso, ya llegó a la puerta y está esperando a que lo siga.

—Lance... — Trago saliva con dificultad. Al oír mi llamada, se gira para mirarme de nuevo. —Ya no soy más...

—Yo tampoco, Kendall—. Me sonríe y asiente. —¿Vamos a buscar las tablas? Tengo este proyecto para el curso y me gustaría involucrar a tu taller de carpintería, si te interesa.

—Yo... sí, me interesa—. Le devuelvo la sonrisa y asiento, agradecido. Entonces no me odia. A menos que tenga algún plan sádico y perverso para hacerme pagar, pero a estas alturas, ¿qué importa? Estoy dispuesto a correr el riesgo. —Me interesa mucho.

CAPÍTULO 5

Kendall

Descargamos las tablas de mi Blue Belle, doce en total. Intercambiamos algunas miradas, pero evitamos cualquier alusión al pasado. E incluso al presente, para ser sinceros, ya que guardamos completo silencio hasta el final de la obra.

No sé qué trama Lance. A estas alturas, me gustaría preguntarle muchas cosas, la primera de las cuales es por qué decidió volver aquí. Luego, cómo pasó estos años y dónde. Pero me doy cuenta de que, al final, no es asunto mío. No somos amigos, no somos… no somos nada, para ser sinceros.

Aunque todavía está bastante delgado, noto que Lance es ágil y fuerte, al menos tanto como yo. Ha cambiado; descarga y carga las tablas sin dificultad, como si estuviera acostumbrado. Como si estuviera en constante entrenamiento, ¿sabes?

Cuando se da la vuelta, aprovecho para verlo mejor. Lleva la camisa arremangada y veo claramente sus antebrazos. Me imagino el resto, pero su pecho ancho se extiende hasta una cintura estrecha, y su trasero, un trasero bonito y voluminoso en el que con gusto apoyaría ambas manos.

Intento no mirarlo fijamente, no sea que se note demasiado la atracción que despierta en mí. Pero al mismo tiempo, tengo la clara impresión de que él también me observa, concentrándose en mis bíceps y pecho. Un escalofrío de placer me recorre la espalda, luego se concentra en el bajo vientre y finalmente más abajo. Luchando por controlar mis impulsos, intento alejarme rápidamente, aunque sospecho que lo ha notado por la satisfacción que frunce sus labios.

Una vez transportadas las tablas en el aula de arte, las inspeccionamos cuidadosamente. Como se solicitó, son tablas de contrachapado lo suficientemente resistentes para soportar la intemperie y lo suficientemente lisas para la pintura acrílica.

—Me gustaría representar las múltiples caras de Magnolia Crest—. Las palabras de Lance me sorprenden, pero asiento con convicción. —Básicamente, todo lo que hace de este pueblo lo que es.

¿Hablas en serio? Sí, supongo que sí. Esta vez no suena sarcástico ni sugerente. Antes de que se me ocurra una réplica, agarra su mochila y saca un cuaderno de dibujo de tapas azules.

—Mira esto—. Lo deja sobre el escritorio y lo abre. —La idea es esta: representar la verdadera alma del pueblo a través de sus rostros. Los rostros de las personas y las situaciones, cuando nadie les presta atención, cuando tienen la libertad de expresarse y nos permiten profundizar.

Mientras sigue hablando de ello, con un ímpetu que no dejaría a nadie indiferente, centro gran parte de mi atención en su voz, pero también en sus gestos, en sus manos, de líneas delicadas, pero fuertes, llenas de energía, en los dedos largos que se mueven ágilmente mientras pasa las páginas, una tras otra.

—Rostros de estudiantes, agricultores, comerciantes, músicos… Pero también rincones pintorescos de Magnolia Crest, con sus flores, las aguas cristalinas de algunas zonas a lo largo del río… —Él me mira y busca mi mirada, mientras yo creo que estoy completamente perdido en la suya. —¿Crees que todo esto tiene sentido?

—Sí, por supuesto.

¡Claro que tiene sentido! Igual que tendría sentido para mí, voltearlo sobre el escritorio y subirme encima de él, besarlo, arrancarle la ropa, moverme sobre su cuerpo y hacerlo mío. En cambio, asiento con diligencia, me muerdo el labio con fuerza y me paso las manos por el pelo. Mi problema es que una parte del adolescente frustrado que sobrevivió en mi interior simplemente no quiere oír ninguna razón para recuperar el control.

—Necesitaría un espacio, además de esto, un espacio de trabajo donde pueda preparar los fondos para que los alumnos los decoren a su gusto, según su creatividad. Lamentablemente, ya lo he comprobado, no puedo quedarme en la escuela después de la hora de cierre y no quiero empezar mi carrera aquí, ya rompiendo las reglas—. Sigue con la mirada fija en mí, esperando mi respuesta. Tengo la impresión de que sus palabras son vagamente sugerentes. No tan vagas, en realidad.

A estas alturas ya ni siquiera sé si se trata de una petición inocente o de una invitación implícita a aprovechar la oportunidad y obtener de mí la confirmación de lo que creo que ya ha intuido.

Sea como sea, eso es exactamente lo que pretendo hacer. Si quieres certeza, la tendrás.

—Ahí está mi taller de carpintería... — Suspiro, me encojo de hombros y me muerdo el labio. Mientras tanto, noto un brillo en sus ojos verdes, como si mi propuesta hubiera despertado su entusiasmo. —No es muy grande, pero está bien equipado y no está lejos de aquí. Te dejo la dirección. Si te conviene, está a tu disposición. Día y noche.

Inclina ligeramente la cabeza y su expresión adquiere una atractiva mezcla de ironía y audacia. Como si durante ese "día y noche" hubiera leído algo más, mucho más.

—Sin límite de tiempo, quiero decir—, me apresuro a añadir. Se me revuelve el estómago, esperando su decisión.

—Sí, claro, Kendall—. Asiente con una sonrisa, y creo ver un ligero rubor en sus mejillas. —Ya lo había pensado. ¿Qué puedo decir? Gracias, de verdad. Sería una gran solución para mí.

—¡Entonces estamos de acuerdo!

Puede que mi emoción sea exagerada, pero Lance finge no darse cuenta. Sonríe y baja la vista hacia su cuaderno de bocetos, que retoma hojeando, aunque un poco distraído. Sigo su ejemplo, pero en lugar de concentrarme por completo en sus bocetos, me pierdo de nuevo siguiendo el movimiento de sus manos, intentando imaginarlas sobre mí.

De repente, Lance me mira, sin decir palabra. Luego recorre con la mirada mis hombros, mi pecho, mis brazos. Siento que me sonrojo y empiezo a temer seriamente que mi autocontrol se esté desvaneciendo a la velocidad de la luz.

La creciente tensión sexual que percibo y que arde entre nosotros, aunque esté disfrazada de cortesía y aparente calma, se ve interrumpida por el timbre de mi móvil, que empieza a sonar insistentemente en mi bolsillo trasero.

—Eh... deben ser los chicos del taller de carpintería—. Lo agarro y lo levanto, como disculpándome. —Tengo que responder.

—¡Claro, no hay problema!

Un vistazo a la pantalla y mi entusiasmo, ya de por sí bajo debido a la interrupción, se desvanece por completo.

No son los chicos. Me quedo ahí parado, mirándolo fijamente, mientras Lance, tras una mirada de desconcierto, me hace el favor de marcharse e incluso a salir del aula. Quiero detenerlo, decirle que es completamente innecesario, que no tiene sentido. En cambio, asiento y me preparo para responder.

Porque, obviamente, el reverendo Irvin Henderson no se puede quedar esperando.

—¿Papá? —Intento controlar mi voz, esperando que mi tono suene normal y no se vea afectado por mi corazón acelerado.

—Kendall, ¿puedo saber dónde estás ahora mismo?

Su voz profunda y potente es tranquila y serena. Pero claro, siempre lo es, diga lo que diga. No explica por qué necesita saber mi posición; simplemente exige que responda. Igual que cuando tenía quince años.

—Estoy en el "Magnolia High" para una entrega—. Además de decirle dónde estoy, ¿tengo que dar explicaciones? ¡Rayos! Pero quiero cortar la conversación, así que añado rápidamente: —¿Necesitas algo?

—No, simplemente no vi tu furgón afuera del taller de carpintería.

¡Claro que sí! Así que ya sabía que no estaba. ¡Y quizá incluso vio a mi Blue Belle aparcado frente a la escuela!

Me quedo callado, también porque… ¿Qué debería decir? Espero, pero mi padre parece decidido a hacer lo mismo, como si aún tuviera que justificarme. A seguir defendiéndome, casi como si me disculpara por estar aquí.

—Escúchame atentamente, Kendall…

En mi vida, ¿cuántas de sus frases dirigidas a mí empezaban con "Escúchame atentamente, Kendall…"?

Tantas. Demasiadas. Sigo sin responder, solo me quedo quieto, escuchando, con el teléfono pegado a la oreja.

—Entré al taller de carpintería. Cole y Benjamin me dijeron que fuiste a entregar unas tablas para la clase de arte. Y que llevas un rato fuera.

—Así es.

Quiero desaparecer. ¿Por qué mi padre siempre tiene el poder de hacerme sentir tan insignificante, tan inútil? Un pobre desgraciado, sin carácter. Y, además, también tiene la autoridad de obligar a otros, a Cole y a Ben en este caso, a no mentir, a no ocultar la verdad. ¡Como si, al hacerlo, se arriesgaran a allanar el camino al infierno!

—Y todavía estás ahí…

Ahí lo tienen, me tendió una trampa. A estas alturas, ni siquiera podía negarlo, pues yo mismo admití que todavía estoy aquí.

—Sí—. Sí, y ya está. No añado que estoy a punto de irme, ni siquiera una razón al azar para contenerme. Sí, y ya está. Estoy aquí y pienso quedarme, al menos hasta que llegue el momento en que *yo* decido irme. —Como te dije, papá, estoy aquí.

Un suspiro profundo, al otro lado. Un suspiro impaciente.

—Escuché que *ese chico* ha vuelto.

"Ese chico." Se refiere a Lance Sayer. Siempre lo ha llamado "ese chico", incluso años atrás. No recuerdo que lo mencionara nunca. A diferencia de los demás, jóvenes y mayores, a quienes siempre se dirigía con familiaridad, llamándolos por sus nombres.

—¡Si lo escuchaste, así sería!

Mi irritable réplica no se le escapa. Y me doy cuenta de que debería haberme contenido, aunque solo fuera para no empeorar las cosas.

—¡Kendall! —El tono con el que pronuncia mi nombre me llama al orden. O al menos debería, según pretende. —Fui a ver los proyectos, recientes y pasados, en los que ha participado como profesor y educador. Sobre todo en Chicago, Boston, Maine y otras ciudades del oeste. También ha estado en Europa.

¿Y qué? Mi padre siempre tenía la maldita costumbre de terminar sus frases así. Ni siquiera dejándolas en el aire, sino cerrándolas como si no hubiera nada más que añadir. Como si sus palabras fueran suficientes y ni siquiera necesitara impartir ese orden implícito, intrínseco a sus declaraciones.

Guardo silencio. De hecho, estoy más que tentado a fingir una interferencia telefónica y cortar la conexión. Además, ha estado investigando a Lance, su vida, su paradero, su trayectoria profesional. Me dan ganas de gritar, pero, en cambio, me veo obligado a mantener la calma.

—No me gustan, Kendall. No me gusta nada de lo que vi—. Exactamente. Mi silencio al menos lo animó a continuar. —Es propaganda, la difusión de… ¡ideas progresistas que van en contra de la moral, en contra de la decencia! Está mal. Y no tendrá mi apoyo, ni el de la iglesia, obviamente.

Siento que me estoy quemando por dentro. Pero tengo que mantener la calma, si no, le estaría haciendo el juego, dejándolo ganar. Quiere hacerme perder la paciencia, lo sé, hacerme quedar como el equivocado. Lo conozco.

—Son solo proyectos escolares; no tienen nada que ver con las decisiones de vida de las personas—, respondo con calma, manteniendo un tono sereno. —Se trata del arte como medio de expresión que promueve la belleza, la armonía, la cohesión…

—No, hijo. Es solo lo que *él* quiere hacerte creer.

Así que hemos llegado al punto en que mi reverendo padre se desahoga conmigo, creyendo que no tengo un cerebro capaz de pensar, y se deja influenciar y lavar por cualquiera que esté cerca. *Ese chico*, o *él*, como lo llama ahora, específicamente. Solo falta que lo culpe por robarme la virtud en la clase de arte, para forzar la situación. Aunque, para ser sincero, me hubiera gustado que eso hubiera sucedido incluso varios años antes.

Pero la verdad no se puede decir, no se contempla. No para mí.

Aprieto la mandíbula. Cierro los ojos. Luego los abro de nuevo y empiezo a caminar de un lado a otro por el aula. Y me pregunto dónde estará *él*, *ese chico* al que ahora intento defender con terribles resultados. Igual que hace tantos años.

Me quito el teléfono de la oreja, me lo llevo a los ojos y cuelgo. Así, sin más, sin siquiera contestar ni despedirme. Como si se hubiera cortado la línea. Incluso lo apago. Suspiro y me paso la mano por la cara, por mi barba ligeramente incipiente.

Unos instantes después, la puerta se abre de nuevo y veo a Lance hablando con una chica y un chico, sin duda estudiantes. Me llegan sus voces alegres y sonoras, y él también parece encajar a la perfección con el ánimo de los dos jóvenes. Sonríe, con aspecto genuinamente feliz. Entonces los veo alejarse por el pasillo mientras Lance vuelve a entrar en el aula. Me sonríe y no me pregunta nada, aunque ahora noto una melancolía en su mirada que no tenía hace un momento.

—En cuanto a mi taller... — Quiero volver al tema. Ahora mismo, antes de que se desvanezca.

—Sí, claro, Kendall. Lo entiendo—. Lance asiente, su mirada intensa y dulce a la vez me aprieta el estómago. —Gracias, de todas formas.

—¿Qué? —¿Qué cree? ¿Qué me estás faltando a mi palabra? —No, quiero decir... está disponible desde esta noche, si quieres. De hecho, ahora que lo pienso... ¡Me encantaría cobrarte la cerveza que me debes por ayudarte con el coche ayer!

Veo que su mirada se oscurece por un instante y luego se ilumina de repente. Como si le acabara de dar la mejor noticia del mundo.

Nunca, que yo recuerde, he visto a alguien cambiar de expresión tan rápidamente, como en un instante.

—Quizás también podríamos añadir una pizza—. Se acerca a mí, entrecierra sus ojos verdes y asiente. —Que nadie sepa que no pago mis deudas.

CAPÍTULO 6

Kendall

La idea de volver a verlo me ha llenado el resto del día con un frenesí casi incontrolable. Me doy cuenta de que no es una cita de verdad. Y no estoy del todo seguro de sus intenciones, y mucho menos de sus sentimientos. Ser tan atractivo no me hace sentir seguro de que le guste. Por no hablar de que, aunque no haya noticias recientes en sus redes sociales, podría haber alguien más en su vida. Quizá sea discreto; no le gusta presumir. A mí tampoco, claro.

A las ocho de la noche, mi taller de carpintería parecía transformado. Dejé que Cole y Ben se fueran antes de lo habitual para ponerme a trabajar y dejar todo limpio. Ambos me miraron con calma, pero curiosidad, como si la idea de mi "rebelión" contra mi padre despertara su interés en el final de esta historia.

Lo saben desde hace tiempo. Desde luego, no son conscientes, en concreto, de mi antigua atracción por Lance. Pero sí saben que he tenido algunas aventuras con hombres, aunque siempre he tenido la "decencia" de no revelar mi homosexualidad ni mi bisexualidad, como quizá creen, en el seno de Magnolia Crest. Como si mis impulsos sexuales siempre hubieran sido algo para desahogarme, dejando al resto de mis conciudadanos en la ignorancia, como deseaba mi padre.

A veces he tenido la sensación de que no le importaría que siguiera así. Incluso encontrando una mujer, casándome, teniendo hijos. Le bastaría con que mantuviera la fachada, sin importarle lo demás. De mí.

Respiro hondo y me apoyo en la pared, la que da a la puerta principal. Sí, al reverendo Henderson le parecería bien, sobre todo porque no sería el único, ni aquí ni en ningún otro sitio. El único detalle, nimio e insignificante, es que no sé mentir y jamás traicionaría a alguien de una forma tan mezquina, consciente de que lo estaba engañando desde el principio.

Intento con todas mis fuerzas apartar ese pensamiento, pues no quiero hundirme en la melancolía mientras espero a Lance. Pase lo que pase, quiero ser feliz con él y no hacerle compañía tan deprimente.

He reubicado parte de mi "trabajo en curso" para darle más espacio a Lance y a los fondos que quiere preparar. Probablemente, nos centraremos principalmente en la organización esta vez. Sin embargo, he configurado la iluminación para que proyecte un brillo cálido y acogedor.

Justo cuando estoy poniendo un vinilo de música country en el tocadiscos junto a mi guitarra, Lance llega con dos pizzas de pepperoni y una caja de cerveza. Al parecer, el mecánico de confianza que le recomendé reaccionó a su Honda bastante rápido.

—¡Bienvenido a mi humilde morada!— Lo invito a pasar y, tras servir comida y bebida, le acompaño rápidamente a "mi espacio".

—¡Me gusta!— Sonríe y asiente, me mira fijamente y luego regresa al espacio que he creado, deteniéndose con atención. —Cálido, acogedor, excelente para estimular la creatividad.

—Perteneció a mi abuelo Amos, el padre de mi madre—. Me acerco a la mesa, cojo una cerveza y le doy una también. —Empecé a venir a trabajar aquí a los trece años, sobre todo durante las vacaciones escolares. Me enseñó casi todo lo que sé y me inculcó la pasión por este trabajo, por buscar nuevas ideas, combinando funcionalidad e imaginación. Estoy intentando modernizar un poco el lugar, pero me gustaría conservar su singularidad, nada más.

—Estás haciendo un gran trabajo. Estoy realmente impresionado.

Me gusta recibir cumplidos, creo que a todos nos gusta. Pero con él… con él, es diferente. Es como si tuviera una necesidad intrínseca, una que ni siquiera yo puedo explicar. La idea de que Lance me aprecia me hace sentir vivo, lleno de energía, como si me corriera una descarga de adrenalina.

—Tarde o temprano, planeo convertirlo en una vivienda permanente, más grande y completa. De momento, solo uso ocasionalmente el pequeño apartamento al otro lado del muro.

Suspiro y lo miro. Ni siquiera sé qué intento decirle. De hecho, sí. Lo sé demasiado bien, la verdad.

No soy como mi padre.

No soy como los matones que solían acosarlo.

No soy como todos aquellos que prefirieron alejarse de sus tormentos, de su soledad.

Yo crecí.

Quiero tener una vida propia.

Quiero ser libre de expresarme como mejor me parezca.

Y a mí también me gustaría él, de todas las maneras posibles.

O si no de todas las maneras posibles, entonces de las que él me permita.

Mientras comemos, cambiamos la conversación hacia los fondos y paneles que le gustaría hacer para los niños. Entonces Lance abre la pintura acrílica que trajo y yo preparo un panel de prueba, colocándolo en los caballetes. Acordamos que esta noche será solo una prueba, un experimento para ver si podemos avanzar y trabajar juntos.

Una vez finalizado el disco, paso a cambiarlo.

—¿Tienes alguna música favorita? —Me detengo a mitad de camino, volviéndome hacia él. —Tengo un poco de todo, no solo country, aunque ese es mi género favorito.

Lance levanta la vista de la mesa e inclina ligeramente la cabeza. Luego mira más allá de mí, hacia el tocadiscos que está contra la pared.

—¿Es tuya? —Él asiente hacia mi guitarra que está a su lado.

—Eh... sí...

—Bueno, aquí está mi elección. Toca algo.

—Pero te estoy ayudando con... —La verdad, ni siquiera sé qué está haciendo exactamente con los acrílicos y esas pinturas. Me fascinan sus movimientos, pero mi objetivo es más bien un apoyo moral o físico, por si acaso puedo intervenir para ayudarlo a levantar o mover algo. —Con lo que sea que estés haciendo, básicamente.

—Me ayudarías mucho más si me tocaras algo. ¡Apuesto a que eres bueno!

Me dedica una sonrisa ligeramente pícara. ¡Me tiene en sus manos! Pero no puedo echarme atrás. Agarro mi guitarra y decido complacerlo.

—¡Está bien!

Regreso a su lado, me apoyo en la mesa y empiezo a afinar la guitarra. Mientras mis dedos rozan las cuerdas, Lance levanta la vista y se detiene un momento. Siento su mirada fija en mí, pero intento no distraerme y mantener la concentración, al menos hasta que vuelva a trabajar, colocando un fondo de tonos delicados y cálidos sobre la mesa.

Así comienza una especie de diálogo sin palabras: él trabaja, demostrando un verdadero talento artístico, ahora que puedo comprender y seguir mejor sus evoluciones. Yo toco algunas de las baladas que recuerdo, haciendo lo mejor que puedo.

Noto que de vez en cuando Lance hace una pausa, entrecerrando ligeramente los ojos, como absorto en la escucha. Mientras tanto, frunce el ceño con una expresión de concentración que me resulta irresistible. Tengo la clara impresión de que ambos retrocedemos en el tiempo, quizás para arreglar algo, partes de él y de mí que han permanecido bloqueadas, sin expresar, sin escapatoria.

En cierto punto, mis dedos tocan una progresión de notas, creando una melodía de mi propia invención que, a diferencia de las anteriores, es delicada y melancólica. La nueva canción que intento componer.

Cuando levanto la cabeza para ver su reacción, me doy cuenta de que Lance se ha detenido por completo y se acerca a mí. Puedo percibir su aroma envolvente, picante, pero con un toque dulce, quizá de la loción que usa para limpiarse las manos y evitar manchar sus trabajos. Se apoya en el banco de carpintería cercano, su esbelto cuerpo deslizándose entre la luz y la sombra.

—Esta es tuya—. No es una pregunta, parece seguro.

—Sí—. No puedo negarlo, pero no me atrevo a continuar.

—Me gusta—. Me mira fijamente, sin apartar la mirada. Y me siento casi perdido en sus ojos verdes, que parecen intentar comunicar algo intangible, esquivo.

—Gracias.

Le devuelvo la mirada sin decir nada más. Porque hay muy poco que añadir, más allá de las pocas palabras que intercambiamos.

Quiero dejar de tocar, dejar la guitarra. Y entonces extenderme hacia él, agarrarlo por los hombros, besarlo, apretar mi cuerpo contra el suyo. En cambio, continúo, repitiendo la misma melodía y luego enriqueciéndola con matices más intensos y sofisticados.

Lance sigue ahí, mirándome. Como si estuviera decidido a contármelo todo, sin decir una sola palabra. Hay tanto que quiero contarle. Pero temo cometer un error, dejarme llevar demasiado, arruinar el momento o perderlo por completo. Y no quiero.

Así que le sonrío, y él asiente lentamente, al ritmo de las notas que toco en mi guitarra. Unos minutos después, vuelve a su trabajo, y a medida que transcurren los instantes entre nosotros, pierdo la noción del tiempo, que parece haberse vuelto tan maleable como la arcilla. Segundos, minutos, horas, ni siquiera lo sé. Solo sé que me quedaría así para siempre.

Nos volvemos a encontrar, pasada la medianoche, tras ordenar el laboratorio y las mesas, sentados en el suelo de madera, en silencio, pero con su hombro rozando el mío. Lance mantiene las piernas flexionadas y los codos apoyados en las rodillas; yo las mantengo rectas, con la nuca pegada a la pared.

—Gracias, Kendall—. De repente, gira la cara hacia mí. —Por compartir esto conmigo, por dejarme entrar en tu mundo.

Reprimo un escalofrío y sigo su ejemplo, girándome para mirarlo.

—Me alegra que estés aquí—. Antes de que pudiera pensar qué decir, mi voz me traicionó. O tal vez fueron mis instintos los que no pude contener y me obligaron a decir la verdad.

—Yo también. Y me siento… —Frunce el ceño, como buscando la palabra adecuada. —Me siento seguro.

Confieso que esperaba cualquier cosa, pero no esto. No "seguro". Ni en Magnolia Crest, ni siquiera conmigo.

—Aquí siempre estarás seguro—. Repito, hablo antes de pensar, pero lo que acabo de decir lo digo en serio.

Lance no responde, pero mantiene la mirada fija en mí. Nos miramos fijamente el uno al otro, nuestras respiraciones persiguiéndose la una a la otra. Siento que el corazón me late con fuerza, pero no me muevo. Todavía no. Finalmente, aparta la mirada y luego la baja, respira con más fuerza y se levanta del suelo.

—Se hace tarde, creo que mejor me voy—. Se estira y se pasa una mano por el pelo. Intento no concentrarme demasiado en su cuerpo y su efecto en mí. —Ambos trabajamos mañana.

—Sí, claro—. Me levanto y asiento. Quiero contenerlo, pero parece obvio que no vale la pena arriesgarse a una jugada imprudente.

—Entonces... ¿Nos vemos mañana?— La pregunta, su voz un poco quebrada, la mirada en sus ojos mientras ladea ligeramente la cabeza. Todo contribuye a aumentar mi esperanza.

—Claro, nos vemos mañana.

Lo observo recoger sus cosas, ponerse la chaqueta, agarrar su mochila y dirigirse a la puerta. Intento apartar la mirada porque siento que, si siguiera mi instinto, lo agarraría del brazo y lo empujaría contra la pared, arriesgándome a perder la confianza que parece tener en mí de inmediato. Tengo que aceptar que Lance podría no corresponder a mi interés, no de la misma manera. Que esto es solo un intento amistoso de alguien dispuesto a ayudarlo, dado que lleva tantos años lejos de Magnolia Crest.

Así que lo dejo ir. Y yo también debería ir, pero el riesgo de encontrarme con mi padre en casa, aunque sea tarde, me lo impide.

Conociéndolo, quizá aún esté despierto, y no estoy listo para enfrentarlo. Reemplazo su imagen, su expresión severa, sus juicios inquebrantables con Lance.

"Me siento seguro."

Y así es, así es como debería sentirse. Y nunca más permitiré que nadie lo haga sentir inseguro o amenazado.

Su rostro, su mirada, su voz resuenan dentro de mí, enviando escalofríos por mi columna.

En cuanto al resto, sé que no será fácil para mí. De hecho, será un verdadero desastre. Pero no me importa.

Camino hacia la cama que tengo en el pequeño apartamento que a veces uso como refugio por la noche y me acuesto en ella, cruzando los brazos tras la cabeza. Cierro los ojos y aún veo el rostro y el cuerpo de Lance, el momento en que finalmente reapareció en mi vida.

Aún no sé qué será de mí, de nosotros. Pero si me espera una batalla, esta vez no me rendiré. Estoy listo para hacer mi parte. Estoy listo para luchar.

CAPÍTULO 7

Lance

Después de un desayuno abundante y otro café extrafuerte, amablemente ofrecido por Eloise, llego a la escuela y me dirijo al aula de arte. Voy bastante adelantado, pero esta mañana oficialmente daré mi primera clase en "Magnolia High".

Estoy un poco nervioso, lo admito. Pero quizá no tenga nada que ver con mi primer día trabajando aquí. Al menos no del todo.

Me quedo quieto en la entrada, suspirando profundamente. Me doy cuenta de que no será tan fácil. No se trata solo de los niños y su disposición a trabajar. Tengo mucha experiencia en esto, y he trabajado en ciudades mucho más grandes y en contextos más desafiantes. Se trata más de todo mi proyecto, mi trabajo y mi vida. ¿Y quién tendrá el poder de decidir sobre mí, si puedo vivir y expresarme o...?

Quizás fue un error volver aquí, donde la mayoría de la gente me ha sido hostil en el pasado. Quizás este sea un desafío que jamás podré superar; habría hecho mejor en abandonarlo antes de que naciera. A pesar de mi deseo de perseverar, a pesar del apoyo inesperado de Kendall.

Pero me doy cuenta de que ya es demasiado tarde para rendirme y volver. Porque ahora… porque ahora no quiero, ¡ya está! No se trata de tener que buscar otro trabajo. La cuestión es que no quiero rendirme, otra vez no.

Ya no puedo más. Ahora quiero saborear esta historia, disfrutarla y vivirla al máximo, si es posible. Adonde sea que me lleve, aunque eso signifique encontrarme, por última vez, con el corazón roto.

Respiro hondo, intentando calmarme. Pero mi corazón se resiste y parece rebotar en las paredes color crema y regresar como una advertencia que no me da tregua. Pronto sabré qué será de mí. De mi corazón y mi trabajo, de todo lo que aún me importa.

Además de los paneles, se evaluará, aprobará o rechazará el mural que propuse como colaboración entre la escuela y el pueblo.

Mientras tanto, inevitablemente, repito las etapas de mi vida en este pueblo, en esta escuela cuya estructura conozco tan bien, casi cada aula y cada pasillo.

Todo mi esfuerzo por dar siempre lo mejor de mí, toda mi determinación por ganar una beca para salir de aquí cuanto antes, sabiendo que casi nadie me ayudaría. Y luego los constantes ataques de Daryl Carver y su pandilla, su forma de insultarme, empujarme y ridiculizarme.

Cierro los ojos con fuerza. Se acabó. Sé racionalmente que se acabó y que ahora no habrá nada que me detenga, nada que Daryl pueda hacer contra mí. Pero es como si el recuerdo de mi cuerpo y de mi corazón siempre me llevara de vuelta allí, siempre de vuelta.

La verdad, sin embargo, es que no tengo nada a lo que aferrarme para intentar sobrellevarlo. Empiezo a decirme, sin cesar, que no dejaré que el miedo me domine. Otra vez no. Me digo, sobre todo, que mis alumnos merecen lo mejor de mí: mi máximo compromiso, entusiasmo y creatividad. Ciertamente, no el chico triste y asustado que era en mi vida anterior a Magnolia Crest. Pero tampoco un hombre destrozado por los acontecimientos que intenta, una vez más, luchar para no derrumbarse, para no huir de sentimientos que teme no poder controlar.

***

La reunión con el director Harold Greene y la alcaldesa Reena Cowell no presagia nada bueno. Me doy cuenta de esto tan pronto como cruzo el umbral de la oficina del director, cuando noto su mirada vacilante y, hasta cierto punto, abatida al encontrarse en presencia de la persona que ostenta gran parte del poder de decisión en Magnolia Crest.

De hecho, se ajusta constantemente las gafas, que se le resbalan por la nariz. Como si supiera que nunca le ganará.

Es una certeza de la que yo también soy consciente. De pie frente al escritorio de Greene, Reena Cowell, con su impecable traje gris perla y su cabello rubio ceniza recogido en un moño, tiene la expresión típica de alguien que no tolera ninguna rebelión ni desviación del camino que ella misma ha trazado o aprobado.

—Gracias por acompañarnos, profesor Sayer. Por favor, tome asiento—. El director Greene tose y se remueve en su silla, levantándose ligeramente antes de volver a sentarse. —Bueno, lo he llamado porque la alcaldesa Cowell quiere aclarar algunos aspectos de su proyecto, preferiblemente antes de que se implemente.

Frunzo el ceño, no me expreso y estoy decidido a escuchar primero. Pero mientras tanto, no entiendo el motivo de esta reunión; el proyecto ya ha sido aprobado por la escuela y el comité interdisciplinario. Todos estaban entusiasmados, o eso creía. De hecho, me lo hicieron creer; desde luego, no lo imaginé. Por eso estoy aquí ahora.

—Por supuesto, estoy disponible para cualquier aclaración—. Estoy obligado a responder, a ser "colaborativo". Aunque mi instinto me dice que se vayan al diablo, porque, sea lo que sea que la alcaldesa quiera aclarar, no soy tan ingenuo como para no entender que es una trampa en la que no quiero caer.

De hecho, clava sus gélidos ojos gris oscuros en mí, y me preparo para un ataque frontal, sin tapujos. Cruza los brazos sobre el pecho, y también noto su impecable manicura, con las uñas pintadas de rosa pálido.

—Gracias, Harold—. Le lanza una mirada breve y condescendiente al director, lo que ya parece indicar la relación entre ambos. Me da la sensación de una dueña halagando a su fiel perro y quizás preparándose para premiarlo con una golosina. Incluso puedo imaginar la escena. ¡Rayos, tengo que parar mi imaginación! Mientras tanto, la "mujer de hielo" se gira hacia mí.

—Profesor Sayer, como bien comprenderá, Magnolia Crest aprecia mucho el arte. Sobre todo cuando promueve ideales que reflejan *nuestros* valores, los objetivos que comparte nuestra comunidad. Ahora me pregunto si, en su proyecto y en el mural que planeó para *nuestros* estudiantes, consideró estos valores y el impacto real que podría tener en ellos, en su crecimiento, en sus decisiones, en el desarrollo de sus personalidades e identidades... eh... me entiende, ¿verdad?

Entiendo. Y muy bien, además. Pero ¿por qué no completa la frase, suponiendo que entiendo lo que quiere decir? Y ese énfasis en *nuestros,* como si yo no formara parte de esta comunidad, como si fuera un ser de una galaxia lejana, un extraterrestre que aterrizó en Magnolia Crest por casualidad o por error, alterando las costumbres generalmente aceptadas y el curso natural de los acontecimientos. Un elemento perturbador, en resumen.

—No, creo que no lo entiendo, alcaldesa Cowell—. Ladeo la cabeza y le dedico una de mis expresiones inocentes. Pero esta mujer es lo suficientemente lista como para darse cuenta de que sí lo entiendo. Y la estoy desafiando.

—O sea, podría confundirlos, profesor Sayer. Podría comprometer su identidad sexual—. ¡Ah, ahí! No fue tan difícil llegar al punto. Pero esta vez no se detiene y sigue adelante, quizá inspirada. —¡Hazles creer que son... cualquier cosa!

Siento la sensación física de un nudo en la garganta, tanto que quiero gritar para poder escupirlo, para poder vencerlo.

Obviamente, me veo obligado a contenerme. ¿Se habrán dado cuenta ahora de que mi proyecto *también* tenía estas características que les resultaban inaceptables, además de todas las demás cualidades que han sido elogiadas y consideradas loables?

—El objetivo del proyecto es representar a todos los estudiantes, a través de sus historias individuales y colectivas, con sus compañeros de clase, entrelazados con sus familias. Y sí, animarlos a aceptarse a sí mismos y a los demás, *cualquier cosa* sean. Pero no obligarlos ni presionarlos a ser o convertirse en *cualquier cosa*—. Subrayo "cualquier cosa" como si se hubiera convertido en mi arma de defensa. Porque, después de todo, parece que aquí estoy (y siempre he sido) la quintaesencia de *cualquier cosa*. —El arte también cumple este propósito: reflejar una comunidad en su verdad, en su concreción, no solo la parte que se siente más cómoda con el espejo.

Un destello de luz ilumina sus ojos. Me doy cuenta de que he ido un poco demasiado lejos, pero no tenía otra opción.

—Intento comprender su punto, profesor Sayer, pero una escuela no es el lugar adecuado para promover... ciertas agendas políticas.

¿Agendas políticas? ¿Qué tiene que ver la política con todo esto? Quizás habla por sí misma.

—No tengo ninguna agenda política que promover. Yo...

—¿Podríamos repasar algunos elementos?— me interrumpe el director, evidentemente empezando a temer que la reunión degenere y lo obligue a adoptar una postura que preferiría evitar.

—Quizás deberíamos posponer la aprobación del proyecto y luego la presentación, al menos hasta la junta escolar...

—La junta escolar ya había expresado su apoyo al proyecto tal como está, por eso se creó mi curso—. Esta vez, soy yo quien lo interrumpe, con una calma gélida que ni siquiera sabía que poseía. —Y precisamente por eso me invitaron aquí, no solo como profesor de arte. Si eliminamos lo que consideran "elementos disruptivos", les estamos diciendo a los estudiantes que esos mismos elementos solo existen a medias, o peor aún, que no tienen derecho a existir. Y no puedo ni quiero hacerlo.

De repente, un escalofrío recorre la oficina. El director Greene me mira con los ojos como platos, con las patillas de sus gafas crispadas. El rostro de la alcaldesa se ensombrece, como si no hubiera esperado esta rebelión mía. Sin embargo, quizá por su costumbre de tener siempre la última palabra, es la primera de las dos en recuperarse y contraatacar.

—Entonces me temo que tendremos un problema, profesor Sayer. En este punto, las donaciones de los negocios locales, de las que siempre han dependido la escuela y sus proyectos, podrían evaporarse en lo que respecta al programa de artes. Ya sabe, a los patrocinadores no les gusta verse involucrados en estas controversias.

Bueno, ¿me está diciendo que si no cumplo y consiento su censura, mi proyecto no recibirá financiación? Sí, diría que ese es el punto.

—Si la única forma de conseguir financiación es distorsionar la realidad o negarla, quizá necesitemos mejores patrocinadores—, respondo con seguridad. Mis palabras suenan sorprendentemente firmes y decididas. Sin embargo, en mi interior, un temblor se extiende inexorablemente, como una fina grieta que se extiende desde el corazón hasta el cuerpo.

Me estoy metiendo en problemas, lo sé. Pero no puedo hacer nada más. Ceder a sus chantajes y amenazas es impensable. Sería como volver al pasado. Y no puedo ni quiero hacerlo. Sobre todo, no puedo ni quiero hacerlo aquí.

Justo cuando espero que se prepare para tomar represalias aún más feroces y hostiles hacia mí, la alcaldesa Cowell se levanta con un salto casi felino.

—De acuerdo, profesor Sayer. Consideraré su postura ante el consejo—. Me mira con severidad. Es evidente que esperaba

resolver la situación con mucha más facilidad y rapidez. —
Mientras tanto, tenga en cuenta que Magnolia Crest tiene raíces
profundas y arraigadas. El pueblo está firmemente arraigado en la
tradición y en todo lo que representa para la comunidad. Y las
raíces no se arrancan con un poco de pintura aplicada al azar en un
mural o con unas pocas tablas de madera.

Le da a su pobre y abatido perro, el director Greene, una sonrisa
ligeramente amarga, luego asiente a ambos y mueve su ágil trasero
fuera de la oficina.

¡Mierda! Abro los ojos de par en par y me paso la mano por el
pelo.

El pobre Greene suspira y se lleva una mano a la frente
ligeramente sudorosa. Si no fuera calvo, se le erizaría el pelo. Sé
que no es culpa suya, lo entiendo, así que ni siquiera puedo
culparlo. Está prácticamente atrapado, incluso peor que yo.

—Lance, yo... — Se dirige a mí de forma mucho más informal
ahora que la bestia ha desaparecido. No se atreve a continuar, sobre
todo porque hay muy poco que añadir.

—Lo sé—. No me interesa resumir la situación; estábamos allí
y ambos escuchamos el veredicto. —Entiendo su postura y no
espero que me apoye. Pero por lo que a mí respecta, este proyecto
seguirá como está, al menos hasta que me detengan y me obliguen
a parar. No cederé, director. Ahora no.

CAPÍTULO 8

Lance

Al salir de la oficina del director, la voz severa e implacable de la alcaldesa Cowell aún resuena en mi cabeza, como un tambor. En realidad, no, suena más como un instrumento de percusión.

Ya sé que me complicará la vida y hará todo lo posible para obligarme a cambiar o incluso a detener mi proyecto. La alternativa sería abandonarlo todo, incluido mi trabajo como maestro, y marcharme de este pueblo por segunda vez. En resumen, rendirme.

Camino por el pasillo hacia mi aula de arte. Los alumnos llegarán pronto y tengo que terminar la clase que les he preparado.

Al acercarme a mi destino, intentando pensar en cómo avanzar en mi causa, mi camino se bloquea y me veo obligado a detenerme. Al principio, no me parece reconocer al hombre que tengo delante, con su pelo oscuro, corto y casi rapado, y su mirada amenazante. Pero es cuestión de un instante, y sus rasgos, aunque más maduros, se me hacen familiares de inmediato, al igual que el uniforme que ahora lleva, la placa brillante y los hombros de un exjugador de fútbol americano. Su cuerpo parece haberse vuelto un poco más pesado con los años, pero su mirada gélida, fría y rencorosa hacia mí, sigue siendo la misma. Y es la de Daryl Carver. El maldito matón que me persiguió por los pasillos de esta escuela y me inmovilizó contra las taquillas, como una presa atrapada. El mismo Daryl Carver que continuó, durante años, persiguiéndome y atormentándome en mis pesadillas, incluso cuando estaba lejos de aquí.

Desearía ser lo suficientemente fuerte para atacarlo primero, pero un escalofrío casi infantil recorre mis venas, como si de repente me hubiera convertido de nuevo en un adolescente asustado cuyo único propósito fuera hacerse invisible para no ser capturado y maltratado.

—Así que es verdad—. Incluso el tono de su voz ha cambiado un poco, perdiendo los tonos estridentes de la adolescencia. Ahora es más sombrío. —Estás aquí de nuevo, Sayer.

Coloca sus dos enormes manos sobre su cinturón y su mirada se vuelve irónica.

—Así es, Carver. Estoy aquí de nuevo.

Intento mantener un tono neutral y distante.

Daryl inclina su torso hacia delante, justo lo suficiente para que su placa de vice sheriff llene mi campo de visión. Su objetivo es intimidarme, lo tengo claro.

—¿Recuerdas cómo nos sentimos por la gente como tú? ¿O quieres que te refresque la memoria?

Me arden los ojos y el pasado resurge. Aún más, y con una fuerza perturbadora que no puedo detener, que no puedo contener. Pero mientras tanto, tengo la sensación física de que cada célula de mi cuerpo me grita. "No le des espacio. No le des poder".

Pero el verdadero problema es que, al mismo tiempo, mi propio cuerpo conserva la memoria de recuerdos imborrables: los golpes, los moretones, los cuadernos de dibujo rasgados, los lápices rotos...

Tengo que tragar saliva antes de poder responder. Y decidir cómo responder.

—Amenazar a un profesor no me parece buena idea, agente. Espero que te des cuenta de eso.

Estoy a la defensiva, claro. Y en parte me odio por ello. Si siguiera mi instinto, le daría un puñetazo justo en medio de ese estómago hinchado que tiene. Quizás incluso ganaría, ahora que me he vuelto más fuerte y con mi entrenamiento constante para mantenerme en forma. Las artes marciales me han enseñado cierta disciplina. Al menos no sería una pelea injusta y desigual, como en los viejos tiempos. Ojalá pudiera, de verdad que quisiera. Pero, dado mi papel aquí, no puedo rebajarme a su nivel. Estaría haciendo el juego a él y a quienes dicen tener la ventaja sobre mí y mis ideas.

Mi actitud distante, mientras tanto, parece molestarlo aún más. Noto que, por unos segundos, un músculo se contrae en la comisura de su mandíbula. Imagino que se debe a la ira reprimida que se ve obligado a contener. Entonces, hace una mueca de desprecio y se hace a un lado, pasando junto a mí. Pero su voz me golpea desde atrás.

—Esto es mi pueblo, mi trabajo es mantener el orden—. Se detuvo, y casi puedo sentir su respiración pesada en mi cuello. —Bienvenido de nuevo, profesor. Aunque no durará mucho tiempo.

Suspiro y cierro los ojos. Por el comentario de Facebook, ya me había dado cuenta de que no era un "bienvenido" en absoluto, sino una provocación, una advertencia de peligro inminente. Pero ya no puedo hacer nada, solo esperar y seguir con mi trabajo lo mejor que pueda.

Así que regreso al aula y me preparo para mi primera clase de artes visuales. Intento mantener la calma mientras espero a los alumnos. Cuando por fin empiezan a ocupar los pupitres y a llenar el aula con su alegría, empiezo a relajarme de verdad. Me presento y, al entablar una conversación con ellos sobre arte y lo que esperan de este curso al que han decidido asistir, empiezo a familiarizarme con sus rostros, sus nombres y sus expectativas.

Para despertar su interés, les propongo un ejercicio de pintura rápida, de solo unos minutos, para que se familiaricen con sus características y habilidades individuales. Les pido que intenten capturar lo que hace único a Magnolia Crest, desde su perspectiva. Distribuyo pinturas acrílicas sobre cartulina y pongo en marcha el cronómetro. Mientras disparan, entusiasmados con el ejercicio, yo paseo entre los escritorios. Entre las opciones de los estudiantes se encuentran el Magnolia Bridge, los campos de tabaco, el río Hawthorne e incluso el Hawthorne Diner de Miguel Obregón, un lugar que, al parecer, frecuentan.

Sophie Whitman, una chica esbelta de cabello castaño y finas mechas lilas, ideó algo completamente diferente y logró sorprenderme. Vertió pinturas y luego, con una espátula, creó siluetas de cabezas y cuerpos que se funden entre sí, rostros sin rasgos distintivos, como si sus identidades fueran indistinguibles, cambiando o fusionándose constantemente.

Cuando el cronómetro anuncia el final de la prueba, sigo paseando entre los puestos y observo con atención la obra de Sophie. Es increíblemente hipnótica, conmovedora, una combinación de caos y armonía, yuxtapuestas pero a la vez asimiladas. En su simplicidad, logró capturar emociones profundas, suficientes para encender una chispa en mi interior, la misma que he sentido al contemplar las obras de los grandes artistas.

Les pido a los niños, uno tras otro, que describan sus obras. Cuando le toca a Sophie, su explicación es bastante sencilla.

—Magnolia Crest es un pueblo pequeño, pero creo que hay muchísimas historias reunidas aquí—. Sophie se encoge de hombros con indiferencia, pero sus ojos oscuros brillan con una llama intensa y vivaz. —A veces la gente quiere que estas historias permanezcan separadas u ocultas, cada una en sí misma. Pensé en reunirlas, mezclarlas para ver qué podía surgir.

Los aplausos de mis compañeros comienzan espontáneos y cálidos. Inesperadamente, entre ellos se encuentra Thomas Cowell, un joven reservado con excelentes habilidades de dibujo, por lo poco que pude ver a primera vista. El hecho de que el hijo de la alcaldesa asista a mi curso me sorprende; su entusiasta apoyo a la idea de Sophie es alentador.

—Sophie, ¿te gustaría colaborar en el proyecto del mural? Tendrías que encargarte del diseño, la paleta de colores y las proyecciones. ¿Qué te parece?

Sophie permanece perpleja por un momento, como incrédula ante mi propuesta, luego asiente con decisión.

—¡Sí, profesor Sayer, claro que sí! —Aprieta los puños y se muerde el labio. Espero que se levante de un salto en cualquier momento; quizá intente contenerse para no estallar de alegría demasiado.

Mientras el resto de la clase parece aprobarlo y, a petición mía, empieza a proponer ideas que Sophie y otros dos estudiantes toman en cuenta, presiento un comienzo de victoria. Quizás sea prematuro decir que mis alumnos están completamente de mi lado, pero creo que voy por buen camino al guiarlos con cuidado, pero permitiéndoles libertad de expresión.

Cuando termina la clase y los alumnos salen del aula, dejo escapar un profundo suspiro. Después de ordenar, también me voy y me dirijo a la taquilla que me han reservado, donde puedo guardar mis pertenencias y las obras de arte recién creadas por los alumnos. Hay una etiqueta con mi nombre pegada en la taquilla: *Lance Sayer – Arte.*

Al abrirlo, descubro un sobre blanco dentro. Lo levanto para mirarlo; no hay nombre, ni dirección. No me queda más remedio que abrirlo, aunque ya sospecho lo que podría ser.

"No juegues con fuego o podrías quemarte."

Me muerdo el labio y niego con la cabeza. El breve texto está impreso en una hoja en blanco. Sin firma, sin errores tipográficos. Solo esas palabras que denotan amenaza, intimidación.

Inevitablemente, siento como si oyera un golpe sordo en la caja torácica. Me apoyo en la pared para estabilizarme; el pasillo parecía alargarse, luego transformarse, convirtiéndose en una sala de espejos distorsionados. Y todos, juntos, empiezan a girar a mi alrededor, sin cesar: Magnolia Crest, el puente, el río Hawthorne, y luego… el director Greene, la alcaldesa Cowell, Daryl Carver, las profundas y arraigadas raíces que "no se arrancan con un poco de pintura aplicada al azar en un mural o unas pocas tablas de madera". Así que todo a mi alrededor, especialmente mi propia imagen, empieza a crujir y luego a hundirse. Incluso mi corazón.

Y, sin embargo, en medio de ese furioso zumbido, un pensamiento surge con claridad en mi interior. Ya no soy el mismo y, sobre todo, ya no estoy solo. Estos chicos están decididos a continuar con nuestro proyecto, un coro de voces que no tenía hace diez años. Luego está Eloise de mi lado, y estoy convencido de que el director Greene seguiría apoyándome si viera los resultados que puedo lograr. Y finalmente... sí, finalmente está él, Kendall Henderson. He intentado bloquearlo de mi mente para no dejarme influir demasiado por él, por las sensaciones que me provoca. No puedo dejar que se apodere de mis pensamientos, mi corazón, mis sentidos. No quiero que comprometa mi dedicación al trabajo y mi atención, pero al mismo tiempo, ya sé que darle espacio a Kendall será inevitable, como un virus desatado y propagándose con demasiada rapidez dentro de mí.

En cualquier caso, rompo el papel en cuatro y lo cierro en mi puño.

—Ya veremos quién se quema, Carver.

La frase sale suavemente, pero resuena dentro de mí y en el pasillo vacío como un disparo.

Cuando por fin salgo de la escuela, bajo la cálida luz del día, la brisa del río Hawthorne me trae el aroma de las magnolias maduras. Camino hacia el aparcamiento, con el sol calentándome la nuca. Cada paso resuena como un sí rotundo al proyecto, como un sí a mí mismo, al hombre en el que me he convertido con los años. No sé qué pretenden al intentar detenerme, pero sé cómo reaccionaré. No cederé esta vez, no me rendiré. Y transformaré cada amenaza que me lancen en arte. En luz. En vida.

CAPÍTULO 9

Kendall

Cuando por fin cruzo el umbral, me doy cuenta de que la gran casa blanca está sumida en la oscuridad, tal como se veía desde fuera. Solo la tenue luz de la cocina se filtra por la puerta. Entro de puntillas, sabiendo que no puedo evitarlo, pero la voz de mi padre me atrapa de inmediato. Y él está allí, sentado a la mesa, listo para tenderme una emboscada si intento escabullirme.

—¿Estabas en la carpintería?

Ni siquiera me saluda, ni me pregunta cómo estoy. Comienza inmediatamente con las preguntas que le interesan en ese momento, con su tono acusador. Mientras tanto, juguetea con sus gafas, cambiándolas de una mano a la otra, y aparta el papel en el que está escribiendo. Odia escribir sus sermones en la computadora; ya decidió hace años que nunca se conformará.

—Sí, papá. —No añado nada más. No tiene sentido perder el tiempo, pues sé exactamente lo que hará sin siquiera escucharme.

—¿Has decidido mudarte a esa ruina para siempre? Últimamente, siempre estás ahí. Ni siquiera regresaste anoche, y no es la primera vez.

—Estoy ahí porque trabajo allí, ¿sabes? Y no está en ruinas, nunca lo ha estado. En fin, lo estoy arreglando.

Una respiración profunda no presagia nada bueno. Al mismo tiempo, su mirada se profundiza. Con el ceño fruncido, parece envejecer de repente, mientras finalmente deja las gafas sobre la mesa, negando con la cabeza. Al cogerlas, se las vuelve a poner, abre una carpeta beige con tapa de plástico que está cerca de la mesa y extrae una hoja impresa.

Me lo entrega. Reconozco de inmediato a Lance y su fotografía, pues lo había estado buscando todo el día, como un buen acosador. Es de la página web del instituto, en la sección de asignaturas artísticas: artes visuales, historia del arte, dibujo, proyectos artísticos. Buena parte de las asignaturas impartidas por el profesor Lance Sayer. Sin embargo, más abajo, hay un pie de foto con su nombre, sus titulaciones, los lugares donde ha impartido clases, los diversos proyectos en los que ha colaborado...

Aparto la mirada del periódico y la vuelvo a mirar a mi padre. Desde luego, no lo imprimió para informarme sobre las habilidades profesionales y la formación docente de Lance.

¿Qué debo hacer? ¿Qué espera que diga? Aunque puedo imaginar lo que pasa por su mente, guardo silencio.

Mi padre mantiene sus ojos azules fijos en mí mientras aprieta la mandíbula. Niega levemente con la cabeza, y sé por experiencia que se prepara para darme uno de sus sermones habituales. Uno de esos preparados específicamente para mí, no para su congregación.

—Ya sabes lo que dicen las Escrituras sobre asociarse con lo inmoral.

Ni siquiera me hace la pregunta. Me mira con resentimiento y me acorrala con palabras que debería saber responder, pues nací y crecí como hijo de un pastor bautista.

Trago saliva, quedándome completamente quieto, como congelado. Ni siquiera encuentro fuerzas para suspirar de resentimiento ni para encogerme de hombros con indiferencia.

No le tengo miedo, nunca lo he tenido, después de todo. Simplemente, me siento perdido, sin salida. Acorralado, eso es todo, como siempre en mi vida.

—El camino que estás tomando, hijo mío, es el equivocado. Y lo sabes—. Finalmente, habla, expresando su indignación. Menos mal. Cuanto antes empiece su sermón, antes lo terminará. —Hasta ahora, aunque sabía que venía, he permanecido en silencio tanto como me ha sido posible. Contaba con tu juicio, con tu sentido común. Pero ahora la situación me ha sido oficialmente notificada. Estoy decepcionado, Kendall. Tu decisión de ayudar a esta persona no es... — Hace una pausa, extrañamente, como si buscara la palabra adecuada. Curiosamente, a Irvin Henderson nunca le faltan las palabras adecuadas en el momento oportuno. —No es sana. Además de ser inmoral, es disoluto y antinatural. ¡Y no hace nada para ocultarlo! ¡No hace lo suficiente!

Ahora no solo me siento perdido e indefenso. Me siento aplastado por un peso que amenaza con quebrarme, con destrozarme por completo. Porque sé, y estoy seguro de que él sabe que lo entiendo, que mi padre habla de mí. De mí, no de Lance Sayer. Lance es solo la palanca que usa para descargar su furia sobre mí. Tan mesurada, tan contenida, pero furia al fin y al cabo.

Retrocedo unos pasos, apoyándome en la despensa que tengo detrás. Ahora es como si todo el cansancio y la frustración que he acumulado durante tanto tiempo volvieran a inundarme.

—No hay nada inmoral en Lance—. Las palabras salen antes de que pueda siquiera pensar en organizar una conversación. Algo que siempre me he visto obligado a hacer con mi padre, planeando las conversaciones hasta el último detalle, como él suele hacer. —Está haciendo algo hermoso y bueno para los niños, como ha hecho en otros lugares. Y yo...

Quiero ser parte de esto. Quiero recuperar lo que he perdido. Quiero redimirme, sobre todo, ante sus ojos. Pero, más que nada, quiero finalmente tener una oportunidad con él. Ser visto por él.

Contengo las palabras que quiero decir, las palabras que me queman la garganta. Pero sé, en el fondo, que esta verdad mía solo está pospuesta. Y que, en cualquier caso, mi padre ya lo sabe perfectamente. Él sabe quién soy, sabe lo que quiero, aunque no sea necesariamente a Lance.

—Tienes que parar esta cosa con ese hombre, Kendall. Y tienes que hacerlo ahora, antes de que sea demasiado tarde.

Mi padre tiene la agudeza mental, desarrollada durante muchos años de práctica, para atajar mi arrebato de raíz. Es muy bueno en esto, y a menudo también lo hace con sus seguidores. Se aprovechó de mi vacilación, se entrometió en mi conversación, interrumpió mi flujo de palabras, ¡y bum! Atacó.

—Esta cosa…

—Sí, hijo mío, esta cosa. Antes de que se sepa que tú también… Cierro los ojos, no quiero verlo. Ahora no.

Que yo también soy inmoral, disoluto, antinatural... Se corra la voz o no, así soy exactamente, al menos desde la perspectiva de mi padre y de quienes piensan como él. Y que no sea aquí, en Magnolia Crest, sino en otro lugar, lejos de la mirada de mis conciudadanos, no importa. Es la verdad. La verdad que mi padre insiste en que nunca se haga pública.

—Me reuniré con la junta escolar mañana y luego informaré a la alcaldesa Cowell—. El reverendo Henderson sigue furioso, comunicándome sus intenciones sin ninguna calidez ni empatía. Sin embargo, su tono tranquilo oculta una tormenta inminente que está a punto de estallar. —Quiero que te distancies de ese proyecto, y especialmente de Lance Sayer. Has entregado el trabajo que se le encargó a tu taller de carpintería, pero ahí se acabó el asunto. Era solo un compromiso que ya habías hecho con la escuela. Esta es la versión que les daré a mi junta, a la alcaldesa y a mis feligreses en la iglesia.

Duele. Igual que cuando tenía quince años y no pude ayudar a Lance. Ahora me encuentro en la misma situación. Aniquilado, destrozado. Solo que ya no tengo quince años.

—Solo dime que no te has pasado de la raya con él. Que nadie los vio actuando…

—¡No!

La respuesta sale como un grito, estalla en mi garganta, pero me envuelve por completo, mi mente, mi alma. Tanto que parece mi propia interpretación del Grito de Munch. Incluso me llevo las manos a las sienes, de la sorpresa.

—No lo haré, papá—. Lo que sigue suena más tranquilo, más controlado.

—Bueno, estaba seguro de que serías razonable—. El pastor asiente con una leve sonrisa, pero, satisfecho de haber devuelto a su "oveja perdida" al redil de la razón, se dispone a cerrar la puerta herméticamente.

—¡No!—, repito, igual que antes, pero con más calma. —Lo que quiero decir es que no me distanciaré del proyecto. Y, *por supuesto,* no me distanciaré de Lance.

En ese momento, lo veo abrir los ojos de par en par, incluso saltar, su imponente presencia parece cernirse sobre la habitación e incluso sobre mí. Somos más o menos de la misma altura y complexión física. Pero ahora me parece enorme, un verdadero gigante.

—Esto es solo para rebelarte contra mí, ¿verdad, Kendall? ¡Para antagonizarme y hacerme quedar en ridículo ante mi comunidad!

—No, papá. Tengo veintisiete años, no soy un niño en crisis adolescente. De hecho, ni siquiera lo era antes; nunca actué ni pensé en oponerme a ti.

El corazón me late con fuerza; ya no atiende a razones. No soporta estar encerrado, enjaulado. Si no me he "pasado de la raya" con Lance, es solo porque no quiero precipitar las cosas y arriesgarme a que me rechace. No quiero que dude de mí y se aleje. Además, sé que está demasiado concentrado en su trabajo, en un proyecto tan importante para él.

Pero no esperaré eternamente. De hecho, no esperaré nada para dejar claro quién soy y qué quiero.

De repente, las palabras que le dije a Lance vuelven a mí.

"Aquí siempre estarás seguro."

Respiro profundamente, con una extraña sensación de miedo, pero también de liberación y coraje mezclados.

El silencio que sigue es escalofriante, como si se hubiera formado entre nosotros una capa de hielo impenetrable, ahora imposible de romper. Mi padre recupera el papel que había dejado sobre la mesa, el que tenía la foto y los títulos de Lance, lo dobla con cuidado y lo guarda en su carpeta.

—No me dejas otra opción, Kendall.

Diciendo esto, sale de la cocina y se dirige a su estudio.

Me quedo solo, inmóvil, con el corazón latiendo en la garganta y en los oídos, con el sabor acre de la decisión que acabo de tomar, de la que estoy más orgulloso que nunca.

No sé qué será de mi mañana. No sé si la armonía y la electricidad entre Lance y yo nos llevarán a algo más allá de una tensión sexual aún inexplorada.

En realidad, no sé nada en absoluto. Y aun en esta incertidumbre, confío en mi decisión.

Defenderé el proyecto que tanto le importa a Lance. Defenderé el arte y la libertad de expresión de los jóvenes. Me defenderé a mí mismo y a mis sentimientos, adondequiera que me lleven. Y si Lance no me quiere como amante, lo aceptaré solo como amigo. Pero no lo abandonaré. Ni otra vez, ni esta vez.

CAPÍTULO 10

Kendall

Apenas dormí, solo un par de horas al amanecer. Mientras tanto, en el salón principal de la planta baja, el reloj de pie daba las campanadas nocturnas. En todos estos años, nunca me había parecido oírlo con tanta claridad.

Finalmente, me resigné a la falta de sueño y me fui, sin siquiera tomarme el café. Quería evitar otra confrontación con mi padre. Por eso podría haber vuelto directamente al laboratorio después de nuestra conversación de anoche. En cambio, decidí quedarme; no quería rendirme.

Subo a bordo de mi Blue Bell y me dirijo al restaurante de Miguel para desayunar, sabiendo con certeza que ya está abierto y lleno de actividad para las pobres almas que se levantan al amanecer para ir a trabajar.

Tengo que sacudirme esta sensación, pero me doy cuenta de que siento que estoy huyendo. Necesito un poco de paz y tranquilidad. Y hablar con Lance, no necesariamente sobre nosotros. Ayer, después de terminar de trabajar en el taller, le envié un mensaje. Esperaba verlo, pero no respondió, y no quise presionarlo demasiado. Quizás lo nuestro no fue una cita de verdad, solo algo que decimos por decirlo. Pero necesita saber que estoy de su lado y que no me importa a quién ni a qué me enfrente.

Estoy aquí.

La situación realmente ha cambiado ahora.

Él debe saberlo.

Aparco en frente al "Hawthorne Diner" y entro en el edificio rectangular con sus ladrillos de colores, grandes ventanales y muebles de estilo vintage. Miro a mi alrededor; es muy temprano, más temprano de lo habitual para mí, y el lugar es relativamente vacío. Pero Miguel ya está trabajando arduamente detrás de la barra, y el ambiente es tan cálido, colorido y acogedor como siempre. Me sonríe, levantando una mano.

—Hermano, ¡te levantaste muy temprano esta mañana!

Él se acerca y yo tomo asiento en uno de los taburetes.

—Será un día largo e intenso para mí. Pero tengo que superarlo de alguna manera.

Estoy en una situación y un estado emocional en el que me muero de ganas de desahogarme, de contárselo todo a alguien. Y sé que Miguel es de los pocos aquí que me escucharía sin juzgarme. Pero este no es el momento. Él también parece entenderlo, porque entrecierra sus ojos oscuros y me observa pensativo.

—Todo irá bien, no te preocupes—. Sonríe y asiente con comprensión. —Un buen café y uno de mis desayunos especiales te ayudarán a empezar con buen pie.

—Estoy seguro, Miguel—. Le devuelvo la sonrisa. De una forma u otra, Miguel siempre consigue convencer y animar a la gente. —Gracias.

—Bueno... ¡Tengo que recompensarte de alguna manera por la maravillosa barra que me creaste! —Su sonrisa es mucho más amplia y acaricia con una de sus enormes manos la barra bien pulida que recogió de mi taller de carpintería. —Me diste un precio muy bueno, así que...

—Miguel, yo... — Lo interrumpo y suspiro mientras me entrega una taza de café humeante. Decido hablar claro, sabiendo que es mucho mejor así. Nunca querría causarle problemas a alguien que siempre me ha mostrado respeto y amabilidad, desde pequeño. — Podría encontrarme en el lado equivocado de cierta situación aquí en Magnolia Crest. Así que no sé cuánto vale la pena llamarme amigo.

—Sea cual sea la situación a la que te refieres, no me intimida ni me dejo influenciar fácilmente, Kendall—. Cruza los brazos, con la mirada seria y decidida. —Llevo aquí varios años. Desde que salí de México, he enfrentado varias dificultades con mi Juana y los niños, como sabes, sin necesidad de contártelo todo. Nos va bien ahora, mi restaurante va bien, los niños están en la universidad, pero ha habido momentos difíciles. Aun así, para mí, *un amigo es un amigo*, pasen las circunstancias. Los sentimientos no cambian por conveniencia.

Asiento con convicción, bebiendo mi café. Es cierto. Y eso es exactamente lo que me he estado diciendo, pensando en Lance. Cuando Miguel me pone delante su tortilla especial de tocino y salchicha, me siento completamente animado.

Me voy aliviado y con más confianza que nunca en mi decisión. Aún es temprano, y le pedí a Miguel que me preparara dos cafés para llevar.

Es una excusa, una tontería, pero no se me ocurrió nada mejor. Vuelvo a mi Blue Bell y reviso las notificaciones de mi teléfono. Había dejado el tono de llamada apagado para que no me molestaran con su timbre constante.

Desbloqueo la pantalla. No hay mensaje de mi papá, solo uno rápido de Cole recordándome que llegará un poco tarde esta mañana porque tiene que llevar a su madre al médico. Le digo rápidamente que se tome su tiempo, luego entro en Facebook y veo que la mayoría de las notificaciones son del grupo local "Amigos y Vecinos de Magnolia Crest". Arriba, veo una publicación de Sophie Whitman sobre el nuevo proyecto de Lance. Lo presenta con entusiasmo como colaboradora en la organización general del mural, mostrando algunas de las obras de otros estudiantes, sus compañeros de clase. Y, junto con el proyecto, también presenta a los estudiantes que trabajarán con ella para llevarlo a cabo. Me sorprende bastante ver a Thomas Cowell, hijo de Reena Cowell, la alcaldesa de Magnolia Crest, entre los nombres de los publicistas.

"Esa mujer va a armar un escándalo". Ese es mi primer pensamiento.

"Lance está realmente en problemas". El siguiente.

Mientras tanto, veo que la cantidad de "me gusta" en la publicación de Sophie aumenta rápidamente, junto con los comentarios. La mayoría son positivos, pero otros... no tanto.

Algunos desconfían: *"¿Qué ejemplo darán a nuestros hijos?"*

Otros provocadores: *"¡Por fin habrá algo de color en esta ciudad atrasada!"*

Otros... ni siquiera sé cómo llamarlos, quizás insultantes: *"¿Entonces la escuela usará nuestras donaciones para propaganda progresista o gay? ¡A estas alturas no me aceptarán ni un céntimo!"*

¡Mierda! Se me encoge el estómago. Sigo mirando la pantalla, mientras los comentarios se acumulan. Evito seguir leyendo. Sospechaba que pasaría, ¡pero desde luego no tan pronto!

En cualquier caso, no cambio de opinión y me dirijo a mi destino. Me detengo frente al "White Magnolia", el bed and breakfast de Eloise Carrington, donde Lance ha alquilado una habitación. Echo un vistazo rápido al interior y decido bajar del furgón. No creo que haya otros huéspedes aparte de Lance en ese momento, a pesar de que Eloise alquila con bastante frecuencia a turistas de paso que solo se alojan en Magnolia Crest unos días.

Llamo a la puerta del "White Magnolia" y espero. Oigo pasos al otro lado, y está claro que no es Lance.

Eloise me recibe con una sonrisa ligeramente soñolienta, vistiendo una bata rosa y su cabello color cobre atado con una horquilla de color violeta y turquesa brillante.

—¿Pero quién ha vuelto otra vez? —Inclina la cara y me dirige una mirada sugerente.

—¡Buenos días, Eloise! —Arrugo la nariz y centro mi atención, y la suya también, en el envase del café. No había pensado en ella, pero no quiero que piense que soy grosero, así que decido ofrecerle. —¿Necesitas algo fuerte?

—Ya lo creo, querido—. Eloise abre la puerta de par en par para dejarme pasar. —Pero esta vez me lo saltaré. Nuestro nuevo profesor está arriba, así que creo que sería mejor que te tomaras un café con él, ¿no?

Asiento y le doy las gracias. Me gusta la forma en que Eloise va al grano sin andarse con rodeos. Es una mujer inteligente y segura de sí misma, y el hecho de que haya decidido hacerse cargo del bed and breakfast y de la librería, y alojarse en Magnolia Crest, es una señal alentadora para todos nosotros.

Subo rápidamente las escaleras y llego a la habitación de Lance, la que Eloise me indicó. Llamo a su puerta un par de veces antes de que por fin la abra. No parece sorprendido; debe haberme oído o visto mi furgón aparcado fuera. Lleva vaqueros oscuros y una camiseta azul, con un mechón de pelo que le cae parcialmente sobre la frente y los ojos. Todavía están húmedos; debe haberse duchado hace poco. Entre nosotros, su aroma a especias flota en el aire.

—Buenos días—. Le entrego el café, como pretexto para la conversación que me gustaría tener con él. Y, sobre todo, para intentar justificar mi presencia.

—Buenos días—. Acepta mi café y asiente, indicándome que entre y me siente.

—Has visto...— Quizás no debería tocar el tema de inmediato. Debería ser más educado y diplomático, evadirlo, preguntarle cómo está, cómo se lo pasa bien aquí y cosas así. Suspiro y me encojo de hombros. —Lo siento, yo...

—¿Qué dices, Kendall?— Su mirada se oscurece, parece estar a la defensiva.

Mientras tanto, seguimos de pie en el centro de su habitación. Él sostiene el vaso de cartón con el café que le acababa de ofrecer, y yo sostengo el recipiente y el mío.

Me siento como un idiota, eso es todo. ¿Qué quiero de él? Todo. Y nada, al mismo tiempo. Ayudarlo, protegerlo, hacerle sentir mi presencia como nunca antes. ¿Pero realmente necesita Lance Sayer mi presencia? ¿O mi apoyo corre el riesgo de convertirse en un problema, en un obstáculo?

—Lo siento, Lance—. Bajo la mirada y sacudo ligeramente la cabeza.

—Yo también lo siento, Kendall—. Lance se aparta de mí y se sienta a la mesa en la esquina de la habitación, frente a la ventana. Suspira y luego bebe lentamente su café. —Lo siento que, incluso después de más de diez años, todo siga igual. Incluyéndote a ti.

En ese momento levanto la cabeza y lo miro fijamente. ¿Incluyéndome a mí? ¿Qué demonios está diciendo?

—¡No, Lance, no es cierto! —Me acerco unos pasos, dejo el café en la mesa y me siento frente a él. —¿Por qué si no estaría aquí?

—No tengo ni idea. Dímelo tú—. Lance inclina su rostro hacia mí, y esta vez veo un desafío en sus ojos verdes.

—Para cumplir la promesa que te hice: aquí siempre estarás seguro—. Quisiera decir más, muchísimo más. Pero me invade la ansiedad, un miedo terrible a ser rechazado y apartado de una vez por todas.

—Estas son cosas que dices en ciertos momentos, en ciertas situaciones, Kendall. No tiene por qué ser así. No tienes por qué hacerlo. Así que, por mi parte, te libero de esa promesa.

¡Maldición! ¡Qué terco se ha vuelto! Me levanto y Lance me mira, levantando la cabeza. Y aún hay ese desafío en él, como una especie de rebelión, una ira reprimida, incluso hacia mí.

—¡Joder, Lance! —Me siento de nuevo, me inclino hacia él y, instintivamente, lo agarro de los brazos—. ¿No entiendes que intento ayudarte? ¿No entiendes que yo...? —Me aparto, pasándome una mano por el pelo. —¿Que podría ser la causa de todos tus problemas? ¡O si no de todos, al menos de la mayoría!

—¡Claro que lo entiendo! ¿Pero qué propones ahora? ¿Que me vaya de Magnolia Crest otra vez y no vuelva jamás? —Se levanta, me da la espalda y camina hacia la ventana que da al río. —¿Crees que no me he dado cuenta de que volver aquí fue una tontería? Desde luego que sí. De hecho, lo entendí la primera vez que nos cruzamos en el puente. Y en tan poco tiempo, ya he recibido la confirmación suficiente de que mi presencia aquí es tan indeseable como antes, si no peor.

—No...— Extiendo la mano hacia él, la levanto para tocarlo, pero luego bajo el brazo. Mantengo la distancia. —No quiero que te vayas, ni siquiera quería eso antes. Pero tenía diecisiete años, maldita sea, no pude hacer nada para detenerte. Ni siquiera pude seguirte.

Veo cómo sus hombros suben y bajan, su respiración se acelera, casi entrecortada por un instante. Aun así, permanece en silencio.

—Lo siento mucho. Nunca lo sabrás, Lance. Y creo que ni siquiera puedo encontrar las palabras adecuadas para explicártelo, para que entiendas lo que sentí cuando vi cómo te perseguía ese cabrón de Daryl Carver y su pandilla de matones. Yo... tenía miedo por mí, claro. Tenía miedo de que entendieran quién era, lo que sentía. Pero también tenía miedo por ti, si me exponía por tu culpa. Incluso entonces, tenía miedo de herirte aún más. Porque, verás, en este agujero de mierda, ciertas situaciones nunca cambian; de hecho, se repiten una y otra vez hasta que nos quiebran, hasta que nos destruyen. Y ojalá pudiera encontrar el coraje que tú tienes, el que siempre has tenido, para...

Un instante. Solo un instante. Un instante en el que me doy cuenta de que podría perder el control. En cambio, me encuentro en sus brazos. Porque, mientras tanto, Lance se ha girado y me ha atraído hacia sí. Puedo oler su aroma, aún más intenso ahora, su piel a tiro de piedra de la mía, su pecho contra el mío. Y no puedo reprimir la sensación física que ese contacto tan cercano con él me provoca.

No me dice ni una palabra, sigue abrazándome fuerte. No puedo evitar soltarme, apoyar la frente en su hombro y devolverle el abrazo, hasta que me fundo con él. Incluso siento que estoy retrocediendo, aflorando a un pasado donde solo éramos dos niños, perdidos y asustados, enfrentando algo demasiado grande para ellos, enfrentando la incomprensión y la malicia de quienes no hicieron más que juzgar, demonizar y destruir cualquier sentimiento o persona que no encajara en las normas establecidas.

Cuando Lance se separa de mí, me veo obligado a renunciar a su abrazo, a su calor. Pero ahora al menos me sonríe, ladea ligeramente la cara y posa sus dedos en mi mejilla.

—Tienes ese coraje, Kendall. De hecho, eres mucho más valiente que yo—. Suspira y su mano se mueve, posándose en mi nuca—. Ser yo es mucho más fácil, después de todo. Puedo simplemente irme, como hice una vez. Tú, en cambio...

Cierro los ojos, apoyo mi frente contra la suya y niego ligeramente la cabeza.

—No te vas—. Me aparto, solo para mirarlo a los ojos—. Y si al final de todo esto no podemos ganar, yo... iré contigo, si me quieres.

Trago saliva con fuerza, esperando su respuesta. Una respuesta que parece no llegar nunca. En cambio, llega, repentina, audaz, cargada de una pasión y una ira que ya no podemos controlar.

Una respuesta que he esperado durante tanto tiempo, años de recuerdos mezclados con añoranza por el único chico que verdaderamente encendió una chispa de vida dentro de mí.

El beso de Lance me toma por sorpresa, pero estoy listo para responder cuando sus labios rozan los míos, su lengua acaricia suavemente el borde de mi labio inferior antes de entrelazarse con la mía.

Cierro los ojos, me dejo llevar, acaricio su rostro, rodeado por una fina capa de barba, y luego bajo para presionar mis manos contra su pecho. Mientras el deseo me asalta, siento que ardo como un fuego que sube y baja desde el centro de mi pecho, amenazando con incendiar mi alma y mis sentidos.

Justo cuando estoy a punto de perder el control, Lance se aparta de mí, aunque con dificultad. Tiene la cara y los labios enrojecidos, pero su determinación para resistir es claramente mayor que la mía. Mantiene la mirada fija, sus ojos verdes, más brillantes que nunca, en los míos.

—¿He sido lo suficientemente claro?

¿Está jugando conmigo? Diría que sí. ¿Desde cuándo se volvió tan cabrón?

—¿Que no te vas, o...? —Pongo los ojos en blanco, sin intención de volver a exponerme. Quiero oírlo de él.

—Que si nos esforzamos mucho, podríamos ganar.

Cruza los brazos sobre el pecho. Al parecer, no está dispuesto a ceder. Pero no importa, me las arreglaré por ahora.

Me acerco a él, le acaricio la cara con mis dedos y luego bajo hacia su cuello.

—Me gusta ganar, Sayer. No sabes cuánto.

—Bien, Henderson. Esforcémonos entonces. No estoy dispuesto a perder más. Pienso quedarme y terminar mi proyecto. Esos chicos confían en mí y no merecen verme huir a la primera señal de peligro. Se merecen la libertad de elegir… se merecen lo que nosotros, a su edad, no tuvimos.

CAPÍTULO 11

Lance

Por supuesto que te quiero.

Te quiero tanto que podría explotar y tal vez incluso destruirme si te volviera a perder. Aunque siento que nunca te he visto de verdad.

Te deseo tanto que separarme de ti no solo me causa un dolor físico, sino un dolor que también involucra mi alma, mis pensamientos, todo mi ser.

Pero, obviamente, no le contaré estas cosas a Kendall Henderson. He aprendido a tener autocontrol y disciplina con los años. Y en varias ocasiones, realmente las he necesitado.

Solo quiero soltarme, no pensar en nadie más que en él y en mí. En lo que podría pasar entre nosotros si nos conociéramos de verdad.

En cambio, simplemente coloco mi mano sobre la suya, que ahora me acaricia la mejilla y el cuello. La presiono unos instantes, como embelesado por su calor, y luego me separo por completo, recorriendo la habitación para intentar reprimir el impulso de agarrar su brazo, acercarlo más y empujarlo hacia la cama.

Kendall me ayuda inesperadamente, tal vez conectándose con mi punto sobre los niños y su libertad de elegir.

—Una de tus estudiantes escribió una publicación en el grupo local esta mañana.

—Sí, lo vi—. Asiento y me vuelvo hacia él. —La publicación es de Sophie Whitman. Ayer, después del ejercicio de clase, le pedí que me ayudara a dirigir el proyecto del mural. Se mostró entusiasmada y se puso manos a la obra enseguida. Los demás chicos no son la excepción; les he asignado a cada uno un rol específico. Thomas Cowell también está en el grupo... será uno de los jefes de prensa.

—¿El hijo de Reena Cowell, nuestra alcaldesa obsesionada con las tradiciones, como jefe de prensa? —Kendall se echa el pelo hacia atrás, que hoy lleva suelto, con una mano y ríe divertido. —Hay que decir que, cuando golpeas, lo das todo, ¿verdad?

—¡No lo obligué a tomar mis clases! —Levanto las manos a la defensiva, pero no puedo evitar sonreír. —Obviamente, tengo cierta influencia sobre los hijos de figuras prominentes de esta comunidad. ¡Debe ser un don mío!

—¡Qué gracioso, Sayer, qué gracioso!— Se acerca a mí, me atrae hacia él tomándome del brazo y me da un beso furtivo, agarrándome de la nuca y hundiendo los dedos en mi pelo. Luego me suelta, y mi débil autocontrol no puede evitar agradecerle.

—Tú lo pediste, Henderson.

Lo miro y suspiro. Trago saliva con dificultad. Me está volviendo loco con su mirada inocente, pero provocadora, con sus labios carnosos que parecen hechos para ser besados, con esa sensualidad que no parece contener y de la que parece completamente inconsciente. Y solo puedo esperar que sienta por mí al menos un poco de lo que yo siento por él, si no, sería un verdadero desastre para mí.

En cualquier caso, todavía me parece claro que, a pesar de la atracción, no puedo perder la cabeza por completo y enamorarme de él. No así, y menos ahora.

Mientras me limito a la atracción y al sexo, todo está bien. Al fin y al cabo, siempre ha sido así, incluso con los demás. Rara vez he sentido algo más intenso que vaya más allá de la conexión física. Puedo controlarme si no hay emociones de por medio.

—Bueno, también revisé los comentarios...— Kendall vuelve al tema, con una expresión seria. Quizás demasiado seria, sus ojos azules delatan cierta inquietud, y de repente detecto un cansancio en su rostro que no había notado antes.

—Yo también los vi—, asiento y regreso a mi asiento en la mesa. Me recuesto en la silla y levanto la cabeza, mirando al techo. —Luego, en cierto momento, me detuve, porque en fin...

—Lance...— Se acerca y se sienta frente a mí. Extiende la mano, toma la mía y la aprieta. Intento contener el placer que siento al tenerlo tan cerca. —La gente habla. Y seguirá hablando, ambos lo sabemos.

—Ya lo sé. Pero lo que realmente me molesta es que, al principio, casi todos estaban positivos e incluso entusiasmados con la idea del mural y todo el proyecto. Luego, en cierto momento... solo hicieron falta unos pocos maliciosos e insidiosos, ¡y llegaron más, cada vez más! Como un virus que se propagaba, en resumen.

—Sí...— Asiente y entrecierra los ojos un instante. Mientras tanto, sigue sosteniendo mi mano, y de hecho, se acerca aún más y me agarra con la otra mano. —Obviamente, alguien los instigó.

—No, Kendall, eso no es necesariamente cierto. La gente es así a veces, sobre todo en las redes sociales...

—Lance... yo lo sé—. De repente, aparta la mirada, me suelta las manos, echa la silla hacia atrás y por fin se levanta. —Mi padre... anoche me pidió que me distanciara del proyecto y de ti, obviamente. Que dejara de ayudarte ahora que ya había entregado el trabajo que me encargaron en mi taller de carpintería. Le habría asegurado al consejo, a la alcaldesa y a sus seguidores que solo era eso... trabajo.

Me quedo callado. Ni siquiera sé cómo responder. Desde luego, no puedo decir que no lo esperaba, aunque hubiera deseado una actitud más correcta del reverendo Henderson.

—Me negué. Le dije que no me distanciaría del proyecto, y mucho menos de ti—. Las palabras de Kendall me encienden el pecho. Una llama de deseo mezclada con esperanza. Sus ojos claros, tan intensos, tan ansiosos, me miran fijamente, recorriendo mi rostro, mis labios. —¡En retrospectiva, fui un idiota!

—¿Qué quieres decir? —Su última frase me pilla por sorpresa.

—Quiero decir, quizá debería haber fingido estar de acuerdo y decirle lo que quería oír. En cambio, actué por impulso, y ahora me arriesgo a arruinarte. Cuando te dije antes que tenía miedo de hacerte daño…

—¿Qué quieres hacer, Kendall?— Me levanto, lo alcanzo y lo agarro por los hombros. —¿Esconderte para siempre? ¿Mentir para siempre?

—No… claro que no—. Ladea la cara, suspira, y puedo sentirlo estremecerse. —Pero no quiero hacerte daño, Lance. Ya has pasado por bastante aquí.

—Entonces, ¿qué quieres hacer? ¿Obedecer a tu padre?

Él fija sus ojos azules en los míos, sacudiendo lentamente la cabeza.

—Ni siquiera puedo hacer eso. Pero quiero que tu trabajo salga lo mejor posible. Quiero que termines tu proyecto con los niños y crees tu mural. Porque es un proyecto realmente genial, y no puedo permitir que se vea afectado por mi culpa.

—¿Y bien?— No entiendo qué pasa. Y empiezo a sentirme inseguro, como si me hubieran dejado probar algo delicioso y luego me hubieran amenazado con quitármelo. —¿Ya terminaste conmigo? O sea...

—No. Quizás deberíamos ser discretos—. Apenas susurra las dos últimas palabras, como si fueran insultos o amenazas.

—¿Te refieres a escondernos? ¿Qué no nos dejen vernos en público?

Sus hombros se ponen rígidos mientras "escondernos", la palabra que yo mismo pronuncié, rebota en mi pecho como un puñetazo.

—Me refiero a protegernos, Lance. Protegerte como no pude antes. Como te dije, estoy listo para irme de aquí, para seguirte. ¿Pero es esto realmente lo que quieres? ¿Abandonarlo todo de nuevo y huir?

—No, no lo quiero. Y tú tampoco. —Tengo que ser razonable, al menos con él. Sufriría mucho dejando Magnolia Crest, estoy seguro. No solo tiene a su padre aquí, sino también tiene a sus amigos, la carpintería que heredó de su abuelo, su vida.

—No puedes saber lo que quiero. No del todo, porque hay cosas que desconoces, asuntos que no comprendes del todo, en su totalidad y profundidad. —Su tono ahora es decidido, casi duro. —Me quedé aquí cuando te fuiste. Y he visto a gente como mi padre, como la alcaldesa Cowell, como Daryl Carver, arruinar todo lo que no pueden entender ni aceptar. No solo eso, sino que también tienen el poder de influir y empujar a otros a actuar de la misma manera. El chisme es como un cáncer, y la intolerancia hacia quienes se consideran diferentes es aún peor.

—Kendall...

Tengo que cerrar los ojos, al menos un momento. No puedo verlo así. Me duele, me desgarra por dentro. Permanezco en silencio, como si escuchara. Así puedo sentir su respiración, el latido de su corazón. Pero al mismo tiempo, bajo mi piel, también reconozco en él el eco de un temblor antiguo. El eco del miedo, de la desesperación, de la necesidad de esconderse para no salir lastimado.

—Cuando te fuiste, hace tantos años, hablé con mi padre—. Su voz se vuelve ronca, casi ahogada. —Empecé a sentirme... solo, desesperadamente solo. Nunca había habido nada entre nosotros, solo unas palabras de vez en cuando. Ni siquiera éramos amigos. Pero incluso esas palabras significaban mucho para mí; de hecho, lo significaban todo. Es decir... solo yo sentía algo por ti, algo intenso, embriagador, que me pilló completamente desprevenido. Pero era solo un niño, más allá de todos los problemas y daños colaterales que te causaría; así que… me guardé mi enamoramiento para mí, esperando que se me pasara, tarde o temprano.

—¡Qué lástima! Me habría gustado saberlo.

Sentí algo en él. En las raras ocasiones en que lo pillaba mirándome fijamente, pensé que me equivocaba. O peor aún, temí que solo se estuviera burlando de mí, como los demás. Evito decírselo; prefiero que siga hablándome, que me diga lo que quiere decir.

Voy y me siento en el borde de la cama y Kendall hace lo mismo.

—¡Ahora lo sabes! —Me mira divertido, pero su mirada alegre se desvanece rápidamente, y para mí se asemeja al sol repentinamente oscurecido por una nube oscura y amenazante. —Como decía, después de que te fueras, decidí hablar con mi padre. Lo recuerdo, como si fuera ayer, era una tarde de verano. Le confesé todo. Lo que había empezado a sentir por ti y lo perdido que me sentí después de que te fueras. Le dije que... bueno, que tal vez no era una excepción, que me interesaban los chicos. Acababa de cumplir diecisiete años y estaba convencido de que mi padre era un hombre bueno, comprensivo y caritativo. Siempre era así con sus seguidores, sin importar la maldad que cometieran, traiciones, adulterios, peleas, pecados impulsados por la avaricia... Así que me engañé pensando que nadie en el mundo podría entenderme mejor que él, que me diría que los sentimientos son sagrados, sin importar por quién los sientas. Estaba equivocado.

Kendall se detiene, y no tengo el valor de intervenir. Ni siquiera de abrazarlo o tocarlo. Permanezco quieto y en silencio, sin apenas atreverme a respirar. Simplemente, le doy tiempo para que se recupere antes de continuar.

—Mi padre empezó a regañarme con dureza y finalmente me llevó a la iglesia. Eran las dos de la mañana. Encendió todas las luces y me hizo arrodillarme ante el altar. Obligó a mi madre a hacer lo mismo, insultándola, diciéndole que... era estúpida y torpe, y que todo era culpa suya, que había sido demasiado permisiva conmigo. Mi madre lloró, implorando su perdón. Cuanto más lloraba, más culpable me sentía. Aunque... simplemente no podía entender qué tenía que ver su permisividad con que me gustara un chico. En fin, mi padre empezó a rezar en voz alta para que el diablo me dejara, que abandonara mi cuerpo y mi mente. Mi madre no paraba de llorar, y creo que fue entonces cuando empezó a sentirse realmente mal. Quizás entonces enfermó de pena, o porque no le parecía tan grave que yo sintiera algo por un chico; pero, aun así, no podía ayudarme; estaba bajo el yugo de mi padre, y así permaneció hasta el final, por desgracia. Mientras tanto, yo temblaba de miedo e incluso de frío. Era verano, pero sentí que se me helaba la sangre. Cuando terminó sus oraciones, levanté la cabeza y vi que mi padre ya no me veía como a su hijo, sino como a un enemigo al que había que destruir, aniquilar. Como a un monstruo. Después...

Dejé que mi mano subiera por su brazo, recorriéndolo hasta encontrar la suya. Kendall gira la palma y entrelaza sus dedos con los míos. No nos miramos, simplemente nos sentamos uno junto al otro. Ni siquiera muy cerca, para ser sinceros, pero más cerca que nunca. Incluso más que antes, cuando nos besábamos, y ansiaba su cuerpo rozándose con el mío.

—Más tarde, al darse cuenta de que las oraciones no funcionaban, probó otros "remedios". Primero, me obligó a salir con la hija de un amigo, luego le pidió a uno de sus seguidores que me llevara a un burdel frecuentado por hombres de la zona. Pensó que, como no había funcionado con una chica inexperta, una prostituta desinhibida... me redimiría... me convertiría... en resumen...

En un momento dado, siento que su pecho sube y baja, así que me giro bruscamente hacia él, pensando que está sollozando. Me equivoco; inesperadamente, se ríe. Riendo con ganas.

—Entiendes... ¡Mi padre, el pastor! Ahora, después de nuestra última conversación, creo que me ha relegado definitivamente al infierno, como un caso perdido, destinado a la condenación eterna.

Me mira, con ese brillo en los ojos que me acelera el corazón. No puedo evitarlo, me río con él, aunque podría llorar. Porque sus palabras me desgarran por dentro, como correas demasiado apretadas alrededor de mi pecho. Y me siento peor, mucho peor por lo que ha pasado que cuando Daryl y su pandilla me persiguieron por los pasillos de la escuela, insultándome, golpeándome.

—Entonces resérvame un billete también. —Lo rodeo con mis brazos y lo atrajo hacia mí, hasta que apoya la cabeza en mi hombro. Ahora mismo, solo quiero protegerlo. De su padre, de la maldad de la gente, de sí mismo, de su dolor... y de mí también. Del daño que podría hacerle sin querer. —Hará mucho calor en el infierno, no necesitaremos equipaje pesado.

—Está bien... pero no voy a renunciar a mi guitarra...

Levanta la cabeza, apoya su frente contra la mía y luego busca mis labios. Le devuelvo el beso, primero con ternura, luego profundizándolo, acariciando su nuca y hundiendo los dedos en su suave cabello, que me doy cuenta de que adoro más que nunca.

—Y yo no renunciaré a mis cuadros...

—Entonces, ¿tenemos un acuerdo, profesor?

—Tenemos un acuerdo, músico.

CAPÍTULO 12

Kendall

Retrocedí en el tiempo. Pero claro, ya me había dado cuenta en cuanto lo volví a ver e intercambiamos las primeras palabras que no pude resistir.

Y la fría y dura verdad es que todavía estoy enamorado de Lance Sayer, como cuando tenía dieciséis años y lo vigilaba en secreto para que nadie, ni siquiera él, se enterara.

Amaba su hermoso rostro, su aire serio y pensativo, esos ojos verdes que parecían leer dentro de ti. Amaba su cuerpo esbelto y su corazón, su bondad hacia cualquiera que lo necesitara, incluso un animal herido que requería cuidados. Aunque la vida no había sido nada benévola con él, sus padres habían muerto cuando era pequeño, y se había ido a vivir con una tía que lo había acogido por falta de otros familiares. Pero sobre todo, amaba su valentía, su determinación de no rendirse, de no fingir ser como los demás cuando sabía que no lo era.

Al pensar en él, me invade una mezcla de emociones, y siento gratitud, miedo, ira y añoranza a la vez. Incluso más tarde, cuando me vi obligado a despedirme de él por trabajo, tomé la solemne decisión de volver a confrontar a mi padre.

Aunque eso signifique mentirle o engañarlo, no dejaré que arruine a Lance. No sé cómo, pero se me ocurrirá algo. Incluso llegaría a hacerle creer que he "entrado en razón" solo para proteger al único hombre que realmente me ha importado.

Estaciono a mi Blue Belle detrás de la iglesia y espero. No tengo un plan preestablecido, pero tampoco puedo dejar las cosas como están. ¡Estoy pagando caro mi impulsividad, maldita sea! Y mi padre ha actuado en consecuencia, activando su círculo de contactos e influencia, ejerciendo su control sobre los demás, que están más dispuestos que nunca a reaccionar y obedecer sus órdenes.

Mirando por la ventana, vislumbro a tres miembros del consejo pastoral saliendo por la puerta lateral. Entre ellos, reconozco a la contadora, la señora Philippa Shaw, quien conversa con los otros dos con expresión emocionada, aferrada a su libreta habitual. Al ver mi furgón estacionado cerca, reconocen mi presencia y me saludan con un breve asentimiento, casi hostil.

Espero a que se vayan, los dejo ir y luego decido bajar. Una vez dentro, me dirijo inmediatamente a la sala de conferencias vacía. Todavía hay algunos papeles sobre la mesa. Sin reparos, levanto uno con el título impreso en la parte superior. *"Asignación de Donaciones - Revisión Extraordinaria"*.

Ojalá no fuera lo que pienso, ojalá no fuera así con todo mi corazón. Pero al final veo una línea resaltada en amarillo. La leo con atención:

"Subvención de $20,000 para los programas de arte de Magnolia High: en suspenso, pendiente de resolución".

Justo en ese momento, mi padre entra en la habitación.

—¿Qué significa eso? —Me siento como un idiota. Sé exactamente lo que significa. Pero, con tantas cosas que me gustaría decir, no sé ni por dónde empezar. Así que me he decidido por la solución más banal.

—Tú también lo ves, estamos considerando suspender la financiación de los programas de arte de la escuela, lo que podrían crear confusión y perjudicar a los niños. Están en una edad tan frágil que bastaría muy poco para influirlos, confundirlos y hacer que terminen como...

Curiosamente, hace una pausa. Me deja perplejo; no es propio de él. Cuando se muestra feroz, suele gustarle llegar al fondo de las cosas, excavando en el abismo de alguien.

Mientras tanto, sin embargo, su idea de "confusión" me golpea y me atraviesa sin piedad. Permanezco inmóvil, pero por dentro siento una especie de rugido interno que explota y que aún no puede escapar, que no puede liberarse.

—Entonces, ¿crees que privarlos del arte les ayudará a entender quiénes son y a no sentirse confundidos?

Mi padre, que ahora más que nunca parece asumir el papel del reverendo Henderson, me dirige una mirada compasiva y me considera como si fuera un pecador necesitado de su misericordia.

—No elijas a la persona equivocada, Kendall. Te perderás a ti mismo, perderás tu alma y te condenarás aún más. Ese hombre es solo una ilusión temporal para ti, siempre lo ha sido. Vuelve a la realidad, vuelve a casa.

No respondo. Arruino mis propios planes. Me doy cuenta de que soy incapaz de mentir, engañar o siquiera hacerle creer, como había planeado, que he recuperado el sentido común y estoy listo para cumplir sus órdenes. Desafortunadamente, no soy capaz. Sin embargo, al menos, en lugar de rebelarme abiertamente y alzarle la voz, opto por el silencio, por ahora.

Pienso en Lance; no puedo pensar en nada más desde que reapareció en Magnolia Crest. Lo quiero, pero al mismo tiempo, también quiero lo mejor para él, y empiezo a dudar de que yo sea así, por desgracia.

Salgo y regreso a mi furgón. No sé qué hacer para arreglarlo, me siento abatido, agotado. Quizás debería esforzarme más por complacer a mi padre. Poder fingir.

Me subo a mi Blue Belle, me recuesto y agarro el volante. Enciendo la radio, mi programa de música country habitual. Espero que me ayude a aliviar la tensión, pero esta vez no parece funcionar. De hecho, la canción de Tim McGraw, *Please*

Remember Me", me sigue arrastrando a situaciones que alimentan aún más mi inquietud y confusión. Junto con el deseo, una profunda excitación que me sacude de pies a cabeza.

Ya no puedo rebobinar la cinta y volver atrás, ahora lo tengo claro. Ni diez años, ni unas pocas horas. Debo vivir el presente, y debo vivirlo a mi manera. Luchar hasta el final. Aun a riesgo de sucumbir, de caer, de desplomarme hasta el abismo más profundo. Porque, al menos desde ese punto, tendría la certeza de poder prepararme para volver a ascender, para lograr conquistar mi paz, mi libertad. Mi amor.

***

Los jueves por la noche en el "Railroad Star" han sido mi salvación durante los últimos años. Una parte de mí que me gustaría compartir con Lance. No tiene idea de lo feliz que me hizo al aceptar mi invitación. No es realmente una cita, sino algo que podría llevar a una relación, o al menos eso espero.

El lugar aún no está muy lleno, y huele a madera, magnolias e incluso un poco de bourbon. Las luces color cobre crean un ambiente cálido y familiar entre las mesas, haciéndome sentir a gusto.

Cuando llega mi turno, la adrenalina me recorre el cuerpo y me siento listo para conquistar el mundo. El escenario no es muy alto, pero cuando subo con mi guitarra, siento que floto, dominando la sala con mi música, con mis canciones.

Entre el público, mi mirada se posa en Lance; nuestras miradas se encuentran con tanta fuerza que me cuesta separarme y, preso de un instinto incontrolable, quiero acercarme a él, abrazarlo y besarlo delante de todos. En cambio, me contengo y desvío la mirada hacia Sophie Whitman, Thomas Cowell y los demás jóvenes que forman parte del proyecto de Lance. Asiento con la cabeza antes de centrar mi atención en Eloise, luego en Cole, Ben y, finalmente, en Miguel y su esposa, Juana.

Por desgracia, sentado en una mesa al fondo de la sala, me fijo en ese cabrón de Daryl Carver, junto con un par de sus colegas. Ahora que el sheriff Madison se recupera de una operación bastante grave, Carver se está aprovechando de la situación para intentar apoderarse del pueblo. ¡Maldito cabrón!

Intento no pensar en él, olvidar que está aquí. Además, no me puedo quejar; tengo un grupo de fans muy majos animándome esta noche. Empiezo con *Carrying Your Love with Me* de George Strait para calentar el ambiente antes de interpretar algunas de mis canciones. El público parece disfrutarlo y aplaude con entusiasmo. Estoy feliz, pero mientras tanto no lo pierdo de vista, aunque me obligo a no detenerme demasiado. Lance asiente y me sonríe de una forma que no me facilita concentrarme en mi siguiente canción.

Elijo una de las mías, *Crossroad Stars*; mis dedos se deslizan sobre la guitarra, como si las notas brotaran directamente de mis venas. Canto sobre almas vendidas, privadas de su libertad, pero esta noche siento mi propia alma más cerca que nunca en la expresión de Lance, en sus ojos verdes fijos en mí.

Mientras tanto, el ambiente se calienta de verdad y me preparo para la siguiente canción, antes de un breve descanso. Ni siquiera tengo tiempo de empezar a tocar las primeras notas cuando Grady Harris, el dueño del local, me indica que pare. La música de fondo también se detiene, rayando los altavoces. En ese momento, pienso que algo va mal, que no funciona, quizás un problema técnico o un fallo del sistema. Pero es realmente extraño; todo parece funcionar a la perfección.

Solo cuando noto la presencia de mi padre, abriendo una especie de abertura, un pasillo espontáneo entre la multitud que se ha reunido en la sala, me doy cuenta de lo que realmente está sucediendo. La gente, respetuosa pero también intimidada, se aparta a su paso, como si estuvieran en presencia de una figura famosa o del gobernante absoluto de algún estado. Yo, en cambio, siento que me hundo y, por primera vez, lamento que el escenario esté tan bajo que no pueda esconderme.

El corazón me late con fuerza en el pecho. Me da igual. En cuanto a mí, no me moveré de aquí; de hecho, volveré a tocar. Pero mi padre, mientras tanto, llega al escenario, sube y agarra el micrófono, que capta el crujido de sus suelas, produciendo un crujido espeluznante.

¡No, joder! ¡No puede ser! ¡No está pasando!

Cierro los ojos, no quiero ver, ni siquiera quiero oír. De hecho, me gustaría mucho estar en otro lugar, lejos de aquí.

—Hermanos y hermanas, os pido un momento.

Pero sí, de verdad tengo que sentir, obligarme a escuchar y sucumbir, como todos los demás. Doy un paso, como para retirarme a la oscuridad, para desaparecer si es posible. Mi guitarra me pesa, casi siento que me aplasta.

Mi padre, mientras tanto, observa atentamente al público. Yo hago lo mismo, es inevitable; noto expresiones de asombro, cervezas levantadas y dejadas en el aire. Como si todos, al oír su palabra, se hubieran quedado paralizados, víctimas de algún truco o hechizo turbio.

—Tienes que escucharme; esta vez es muy importante—. Mi padre, sin embargo, no se da por vencido. Empiezo a preocuparme de que no sea propio de él ceder ante un desafío. En cualquier caso, nunca me había encontrado en una confrontación tan directa con él. Sobre todo delante de testigos. —Desafortunadamente, el pecado se ha infiltrado en nuestra comunidad. Y ha sucedido porque nosotros, imprudentes y superficiales, lo permitimos, favorecimos su camino y le dejamos vivir entre nosotros.

Cada palabra que dice es como una piedra que me lanza. Abro los ojos de par en par y veo a Sophie agarrar la mano de Thomas, por un lado, y el brazo de Lance, por el otro. Parecía aterrorizada, conmocionada. Thomas, incrédulo, se gira hacia ella, agarrándola por la cintura. Lance, sin embargo, permanece inmóvil, con la mirada fija en el escenario. En cierto momento, ignora por completo a mi padre y me mira con los ojos entrecerrados.

Quizás sea el mismo pensamiento el que me pasa por la cabeza. Realmente no hay futuro aquí para nosotros. No hay historia, realmente tenemos que irnos.

Mientras tanto, mi padre, ajeno a lo que se desata en mi interior, sigue impávido con su sermón. Le da igual que este no sea el lugar adecuado. ¿Será posible que nadie tenga el valor de detenerlo? ¿De hacerle entender que este no es su lugar, que este no es su momento? ¿Será posible que todos sean tan serviles a él, al rol que ocupa en esta comunidad, que no se den cuenta de que está cometiendo una injusticia, abusando de su poder?

—Tenéis que entender que el pecado a menudo se viste con el color del engaño: se esconde tras la máscara del arte, tras una canción seductora, tras murales que proclaman verdades humanas que se consideran superiores a la verdad divina. Estoy aquí para pedir oración y discernimiento, antes de que sea demasiado tarde. Antes de que nos perdamos unos a otros.

Un silencio, si cabe aún más escalofriante, invade la habitación. No lo soporto más. Empiezo a sentirme mareado mientras un dolor en el pecho se extiende rápidamente por todas partes, afectando mis articulaciones.

—No hay pecado en la música ni en el arte, reverendo—. Una voz familiar, que no logro distinguir del todo en este momento, logra contener el ataque de pánico que estaba a punto de apoderarse de mí. Miro hacia el público justo cuando Miguel vuelve a hablar, lo que me permite identificarlo claramente. —No hay pecado en el amor.

Algunos aplauden, pero mi padre levanta los brazos para evitar que el entusiasmo se propague rápidamente por la sala. Tras el valiente discurso de Miguel, el público parece dividido entre el silencio y los primeros indicios de rebeldía, por lo que debe actuar con rapidez antes de que perder el control de la situación que él mismo ha creado.

—Es un pecado si todo esto nos lleva al mal, la inmoralidad y la abominación. Por eso, oraremos juntos…

Cierro los ojos, sin escucharlo ya. Intento regular mi respiración para evitar otro ataque. Estoy bien, puedo controlarlo. Respiro hondo.

—Papá, basta—. Me tiemblan las cuerdas vocales, pero la frase sale clara, amplificada por los altavoces aún encendidos. Se gira hacia mí con incredulidad, así que nos quedamos a pocos metros de distancia. —Esta es nuestra música, nuestro arte, nuestra vida. Elijamos nosotros mismos qué escuchar.

La mirada de mi padre me quema, pero no tanto como el nudo que se derrite en mi pecho en este momento, la sensación de miedo y libertad fundiéndose en una sola llama. Por un instante, temo que añada más para intentar inclinar la situación a su favor, para atrapar y manipular a los presentes con su dialéctica. En cambio, me lanza una mirada penetrante que podría atravesarme más que una espada y baja del escenario, rumbo a la salida.

Afortunadamente, Grady Harris tiene la presencia de ánimo para recuperar el control e intentar salvar lo que queda de la velada.

Él rápidamente sube al escenario y me alcanza, agarrándome el brazo.

—¿Cómo estás, Kendall? —Noto su mirada de seria preocupación, sus ojos azules abiertos y compasivos. —¿Te apetece continuar? ¿O prefieres…?

—Estoy bien, Grady—. Asiento con seguridad, imperturbable. —Si te parece bien, me gustaría continuar.

Nos ponemos de acuerdo rápidamente en las canciones y el público contiene la respiración. Veo a Lance dar un paso hacia mí, pero lo detengo con un gesto, esperando calmarlo.

Antes de sumergirme en la canción, comienzo con algunas notas, intentando relajar al público. Interpreto mi versión de *Carolina in My Mind* de James Taylor. El público parece disfrutarla tanto que, a juzgar por sus expresiones, la confusión causada por la intervención del reverendo Henderson unos minutos antes parece haber desaparecido por completo. Intento mantener la voz firme y estable durante toda la pieza.

Al final de la canción, los aplausos empiezan lentamente, luego aumentan y se intensifican, convirtiéndose en un rugido. Los vítores me animan a continuar, mezclando algunas canciones famosas con algunas mías.

Al comenzar las primeras estrofas de *Changing Boundaries*, mi nueva canción, noto que Sophie se acerca aún más al escenario. Para la segunda estrofa, coge su teléfono y anima a otros niños a seguir su ejemplo.

Mientras tanto, lo busco con la mirada. Sonríe y asiente, sin inmutarse. Está bien, en cualquier caso, su presencia me reconforta, me hace sentir más fuerte, más audaz. Tanto es así que termino con éxito la parte de la noche reservada para mí y mi música.

Una vez terminada mi actuación y agradecido al público por sus cumplidos, me dirijo directamente a la salida trasera del "Railroad Star", que da a una calle solitaria por donde nunca pasa nadie. Cruzo la puerta de hierro, apoyo la espalda en la pared y cierro los ojos, buscando unos minutos de tranquilidad. Necesito fumar, aunque lo dejé hace unos años. Abro los ojos y miro hacia arriba; las estrellas esta noche parecen más intensas, más vibrantes. Suspiro y niego con la cabeza. He logrado aguantar, hasta ahora. Me he contenido. Pero ahora no puedo. No puedo más. Siento que me hundo y no sé dónde agarrarme, dónde encontrar un punto de apoyo.

Me giro hacia la pared y me apoyo en los antebrazos, pasándome los dedos por los ojos y luego sosteniéndome la cabeza con las manos. Siento un sollozo subiendo desde mi pecho hasta la garganta. Intento contenerlo, pero siento que me romperá por dentro si no lo dejo salir.

Es precisamente en ese momento en que siento unas manos acariciando mi espalda. Con firmeza, pero también con una ternura infinita que consigue calmar parcialmente mis temblores. Sé que es él; reconozco su tacto y su aroma, incluso sin girarme. No habla, pero respira suavemente en mi cuello, en mi pelo, mientras me abraza por detrás y me atrae hacia sí. Permanecemos así por un tiempo indeterminado. Hasta que finalmente decido apartarme de la pared y rozar sus brazos con los dedos, ladeando la cabeza.

—Lo siento...—, susurro cerca de su rostro, con ese sollozo amenazando con estallar dentro de mí otra vez. —Lo siento mucho, Lance.

—No tienes por qué disculparte, Kendall. —Lance me obliga a girarme por completo, aunque con mucha delicadeza, y me toma la cara entre las manos. Me mira fijamente—. Tú... tú estabas...

No termina la frase; sus labios se posan sobre los míos. Al principio no reacciono, lo dejo hacerlo. Pero luego me dejo llevar por un beso que crece en intensidad, pasando de dulce a apasionado, abrumador, a medida que su sabor se expande en mi lengua, en mi boca.

—Estuviste maravilloso... —Lance apoya su frente contra la mía, susurrando contra mis labios. —Eres maravilloso.

—Lo intento…— Sonrío e inclino la cabeza, apoyando la sien en su hombro. Mientras tanto, le masajeo las caderas, empujando mi pelvis hacia él.

—Kendall…

Su respiración se vuelve agitada y me emociona provocar esta reacción en él, sentir que me desea como yo lo deseo a él.

—Mmm...

Reprimo un gemido y me obligo a apartarme de él, de su cuerpo que ahora me busca, me suplica, embistiendo furiosamente contra el mío. Lance respira hondo y se aparta de mí con decisión, rodando hasta quedar con la espalda contra la pared. Gira la cara hacia mí y luego levanta la mano para acariciarme el brazo.

—¿Qué hacemos ahora? —Me pregunta mirando al cielo.

—Tengo algunas ideas... —Muevo ligeramente el pie para empujarlo con la punta del zapato y me muerdo el labio. —Si vienes conmigo a mi escondite, te explicaré más...

Él se echa a reír y se pasa ambas manos por el pelo.

—¿Me estás coqueteando, Henderson? Eres un descarado, ¿alguien te lo ha dicho alguna vez? —Pero entonces se gira, me acaricia el pecho y me besa en los labios.

—Ah, entonces soy yo...— Lo agarro por la nuca y lo miro a los ojos. —¿Soy yo el descarado, Sayer?

No sé qué me gustaría hacer, no sé qué me gustaría decir. De hecho, lo sé demasiado bien. Pero temo que se deje llevar por la emoción del momento, por la innegable pasión que ha estallado entre nosotros, quizás incluso por la compasión que siente por mí. Eso es precisamente lo que más me asusta. Que Lance sienta compasión por mí, por las circunstancias que he vivido y que sigo viviendo.

El pobre hijo gay del reverendo, obligado a "redimirse" por las buenas pero sobre todo por las malas, el infeliz niño necesitado de afecto y tal vez incluso de un rapidito para calmar su corazón y sus sentidos.

Me separo completamente de él, intentando centrarme en los asuntos verdaderamente importantes, no en mí mismo, en mis necesidades y en los sentimientos que tengo por el hombre que está a mi lado.

—Mi padre me advirtió, pero nunca imaginé que llegaría tan lejos. Amenazó con convocar una reunión de la junta para recortar los fondos de los programas de arte de la escuela. Pensé que era solo una provocación, un farol. Pero después de la incursión de esta noche... —Cuando pienso en lo que pasó, me siento mal. Ahora que lo reflexiono con más claridad y distancia, me siento aún peor que cuando lo viví y lo encontré en el escenario. —Me doy cuenta de que sería capaz de cualquier cosa.

—No, Kendall. No podrá hacer eso.

Lance intenta consolarme, pero no es muy convincente. Sé que, a pesar de sus esfuerzos por mantener la calma, él también se sorprendió por la intervención de mi padre durante mi actuación en el "Railroad Star". Invadió mi espacio sin ninguna consideración, sin ningún respeto. Se entrometió en algo mío e intentó arrebatármelo, arruinar un momento importante para mí.

—Kendall...— Lance me llama la atención con un tono más seguro y decidido. —Sé que es capaz de todo, lo he visto. Pero yo... no dejaré que te vuelva a hacer daño. Ni a tu padre, ni a nadie más aquí. Y, en cualquier caso, fuiste increíblemente valiente esta noche. Demostraste a todos tu valía, seguiste tocando y cantando después de que él te interrumpiera. Me sentí... orgulloso de ti. Y estoy seguro de que los demás sintieron lo mismo.

Al oír estas palabras, mi corazón da un vuelco. Es como un latido demasiado intenso que me hace temblar de pies a cabeza. Me pregunto si siquiera es consciente de ello, cuando veo que sus ojos verdes se abren ligeramente hacia mí. Me pregunto si mi amor por él sigue siendo tan claro, tan evidente, tan imposible de ocultar, a pesar de mi edad y mis experiencias pasadas. De hecho, ahora que nuestro vínculo ha evolucionado, en cierto modo es aún peor para mí. Ya no soy un adolescente. Pero él sigue ocupando el mismo lugar en mi corazón, el lugar que siempre ha sido solo suyo.

—Gracias—. Me aparto de la pared, doy unos pasos y me vuelvo hacia él—. Gracias por volver.

—No sé si me lo agradecería. Lo he arruinado todo desde que estoy aquí. ¡Y acabo de llegar! —Lance se queda quieto, mirándome de esa manera que parece hacerlo todo posible y casi me obliga a engañarme pensando que puede corresponder. —Te he arruinado la vida.

—No, Lance. Me arruinaste la vida hace tantos años y luego te fuiste. Ahora... —Suspiro, le tiendo la mano, y él la toma, estrechándola entre las suyas—. Ahora estás en casa. Y yo, incluso sin saberlo, creo que he estado esperando todos estos años a que volvieras. Para volver a respirar. Para finalmente volver a vivir.

CAPÍTULO 13

Lance

Creo que me he enamorado de Kendall Henderson. O que voy por buen camino, al menos. Aunque me prometí no ceder, no dejar que pasara. Pero cuanto más me resisto, más siento que caigo al vacío, a un abismo donde solo puedo sentir su mirada, su tacto, el aroma de su piel. Y parece casi imposible que todo haya sucedido tan rápido, a menos que ya sintiera algo por él en el pasado, una especie de dulzura por ese niño que me observaba en silencio, analizando cada gesto mío.

Ahora casi tengo que obligarme a separarme cada vez que nos encontramos tan cerca, para no hundirme en él, en su corazón, en su cuerpo. Por lo que percibo en sus gestos, sus miradas, sus besos, creo que a él le pasa lo mismo. Pero quizás, por su parte, no sea realmente amor, sino necesidad, apego, un vínculo que necesita absolutamente para afrontar su batalla más dura, para luchar contra su padre y la hostilidad retrógrada de Magnolia Crest.

Quisiera protegerlo. Ojalá no hubiera nada más por lo que luchar, aparte de nosotros dos, nuestra felicidad. Pero tengo un proyecto que perseguir, un trabajo que me importa. Y Kendall también tiene su vida aquí, su taller de carpintería, su música.

Me doy cuenta de que si solo se tratara de sexo, todo sería mucho más fácil, al menos para mí. Pero esos sentimientos, que intenté resistir, han entrado en juego y se han instalado entre nosotros, entre nuestros cuerpos buscándose, deseándose. Al menos por mi parte. Si no fuera así, ya me habría acostado con

Kendall Henderson sin demasiados reparos. Si no tuviera miedo de empeorar las cosas, mi estado emocional hacia él.

En cambio, después de la velada en el "Railroad Star", volví a casa con Eloise, renunciando a encontrar consuelo en los brazos del hombre que se está apoderando de mi corazón y de mis pensamientos.

—Yo no lo comprendo.

Una vez que cruzo el umbral, Eloise no me perdona; tiene que darme su opinión. Resopla, pone los ojos en blanco y niega con la cabeza.

—Yo tampoco, si te sirve de consuelo.

—Exactamente. Entonces, ¿por qué estás aquí perdiendo el tiempo conmigo y no con él?

Suspiro y me encojo de hombros. ¡Buena pregunta, Eloise!

—¿Quieres la respuesta corta o la larga, compleja y detallada?

Bromeo, porque la verdad es que tengo muchas ganas de escucharla, correr a Kendall y pasar toda la noche haciendo todo lo que, por desgracia, ahora solo puedo imaginar, arriesgándome a volverme loco de las ganas de tocarlo, de sentirlo.

—La corta por ahora. Por desgracia, mañana tengo el despertador puesto a las seis. Tengo que hacer espacio para los nuevos libros que llegan y luego tendré que catalogarlos. "Magnolia Chapters" siempre es un desastre en estos momentos.

—¡Puedo echarte una mano, si quieres! —Aprovecho la oportunidad; podría servirme de distracción. Y, ya que estoy, aprovecho para cambiar de tema. —Disfruto catalogando libros.

—No te andes con rodeos, muchacho. Sigo esperando tu respuesta—. Eloise, obviamente, no se deja engañar.

—Es complicado. ¿Estás feliz?

—Lance, te pedí la respuesta corta, ¡no la que esos imbéciles suelen darme después de follar!

Me echo a reír. —¡Me temo que yo también soy una de esas personas, querida!

—Claro, lo entiendo. Todos pasamos por esa fase de "es complicado" tarde o temprano—. Eloise se dirige a la cocina y yo la sigo. Enciende la tetera y prepara tazas para una infusión. —Pero tú y Kendall...— Suspira y niega con la cabeza.

—¿Tendrías alguna alternativa a "es complicado" para nosotros?

—Tendría un millón, Lance. Porque entre vosotros yo percibo afecto, dulzura, un sentido de pertenencia, protección...— Eloise suspira, con los ojos llorosos. Así que recuerdo que, como gran fan de las novelas románticas, tal vez también debe haber idealizado la relación entre Kendall y yo. Entonces, de repente, mi anfitriona, amiga y confidente se pone seria. Quizás demasiado seria. —Ese chico te ama, Lance. Es obvio; no es muy bueno ocultando sus sentimientos. Desde que lo conozco, nunca lo había visto así. Y como presiento que tú también sientes algo por él... intenta tener cuidado, trátalo con cariño. O podrías arriesgarte a romperle el corazón. Y a romperte el tuyo también, en el proceso.

***

Las palabras de Eloise nunca me abandonaron durante toda la noche que pasé dando vueltas en la cama. Y a la mañana siguiente, siguen conmigo.

Kendal me ama. Y solo pensarlo me acelera el corazón, latiendo frenéticamente, casi sin control. Porque mi corazón lo busca, lo desea. Y yo sé que pronto no podré más obligar a mi razón a negarlo.

Tras la traumática noche, que incluyó el asalto del reverendo Henderson al "Railroad Star", los chicos, por iniciativa propia, publicaron la grabación completa de la actuación de Kendall en un grupo de Facebook y también crearon un grupo de Instagram. Lo hicieron juntos en un perfil compartido; ninguno se expuso para evitar represalias personales. Admiro su valentía y audacia. Ojalá yo hubiera sido así hace años.

En fin, las visualizaciones, los "me gusta" y los comentarios han aumentado de lo habitual; de hecho, siguen multiplicándose visiblemente. Entre los "me gusta" hay uno de Daryl Carver, aunque no encuentro ningún comentario suyo. Pero quizás, con tantos, se me pasó.

A estas alturas, no tengo ni idea de qué podría pasar. ¿Qué harían el reverendo y la alcaldesa? ¿Castigarnos a todos? ¡Por no hablar de que el joven Thomas Cowell, quizás también por su evidente enamoramiento de Sophie, se ha puesto mayoritariamente de nuestro lado!

Esta mañana, a diferencia de las anteriores, el cielo sobre Magnolia Crest se extiende sobre nosotros con un color tan gris que parece acero, como si alguien hubiera accionado un interruptor y puesto el sol en pausa.

Refleja mi estado de ánimo, para ser sincero, mi frustración. Mientras tanto, frases muy similares han empezado a circular en la radio local, una tras otra.

"La tormenta tropical Daisy ha cambiado de rumbo y se ha intensificado hasta convertirse en un huracán de categoría 2. Se desplaza a un ritmo descontrolado y podría tocar tierra en 12 horas."

Cada actualización sobre la tormenta tropical convirtiéndose en huracán me añade una tensión insoportable. Dadas las coordenadas, Daisy debería evitarnos el paso o, en el peor de los casos, rozarnos, pero... pero no hay nada más impredecible que un huracán, por desgracia. Y tenerlo incluso a poca distancia es suficiente para poner nervioso a cualquiera. Eloise y yo, luchando por crear suficiente espacio dentro de la librería, intentamos mantenernos ocupadas para no parecer demasiado preocupados. Sin embargo, es en vano. La ansiedad que irradiamos es palpable.

A las ocho de la mañana recibo el mensaje del distrito escolar.

"La escuela está cerrada y el edificio de Magnolia High ha sido designado como refugio de emergencia para cualquier persona que lo necesite. Se solicita la cooperación del personal escolar."

No hay tiempo para pensar. Le cuento a Eloise, quien dice estar disponible para ayudar y promete reunirse conmigo lo antes posible. Voy a buscar mi cazadora y mi mochila, me subo al coche y me dirijo a la escuela mientras las ráfagas de viento agitan las ramas de los magnolios que rodean el bed and breakfast y la librería.

Al entrar al gimnasio principal, me encuentro rodeado de grupos de personas que aún no saben adónde ir ni cómo organizarse. La mayoría está aterrorizada por la lentitud con la que se les informa de un posible desastre que los toma a todos desprevenidos. Hombres nerviosos, mujeres con niños y ancianos que miran a su alrededor con desconcierto. Y también hay numerosos jóvenes con sus padres; reconozco a algunos de mis alumnos corriendo de un lado a otro con sus teléfonos en la mano, consultando constantemente las últimas noticias y cuánto tiempo nos queda antes de que llegue el huracán.

—¡Mierda! —suspiro. —¡Eso era todo lo que necesitábamos!

De una forma u otra, tengo que recomponerme y ocuparme, ser útil. Mis problemas personales y emocionales, en este momento, deben posponerse necesariamente en favor de algo mucho más importante y urgente. El huracán y la gente aquí reunida son lo primero.

Miro a mi alrededor para organizarme y me doy cuenta de que, por desgracia, la mala organización nos perjudica. Junto a la mesa principal de la cafetería, ahora trasladada aquí y transformada en mostrador de registro, veo a Daryl Carver, mi antiguo enemigo, ahora vice alguacil de Magnolia Crest. Camina de un lado a otro con un portapapeles en las manos, la mandíbula apretada, pero su mirada ahora delata una angustia casi incontrolable. Muy distinto a cuando me dio el "bienvenido" en mi primer día de vuelta en el pueblo.

Lo veo ayudando a un anciano a subirse a una silla de ruedas y luego repartiendo dulces a unos niños un poco desorientados por la inesperada circunstancia. Al cruzar su mirada con la mía, me doy cuenta de que no hay burla, desdén ni malicia en él, solo un gesto que interpreto como la voluntad a ponerse a disposición y a trabajar por el bien común.

Al acercarme, me señala una fila de camillas esperando a ser montadas. Intercambiamos solo unas palabras, necesarias para la operación, pero la decisión con la que me entrega las barras de aluminio, sin vacilación ni superioridad, me hace darme cuenta de que su prioridad ahora mismo es otra, igual que la mía.

En mi mente, revivo, aunque sea brevemente, los momentos en que Carver me persiguió por los pasillos hasta llegar a este mismo lugar, en este gimnasio y los vestuarios, con el único propósito de lastimarme, de infligirme un tormento constante. Así que mis recuerdos también se dirigen a él, a Kendall. Una punzada en el pecho me hacía salir corriendo a buscarlo, algo en lo que he estado pensando desde el primer anuncio sobre el huracán. Le envié un mensaje, pero aún no ha respondido.

Pero me obligo a quedarme quieto, a permanecer en mi lugar.

"Kendall está bien", me digo a mí mismo. "Kendall sabe qué hacer en estas circunstancias. Al fin y al cabo, no es la primera vez".

Mientras tanto, las horas pasan y nuestra organización ante cualquier eventualidad ha mejorado significativamente. Muchos de mis compañeros están colaborando, y el espíritu de colaboración y apoyo entre nosotros facilita mucho las cosas.

Alrededor del mediodía, el viento comienza a aullar de forma intermitente, golpeando contra las claraboyas del gimnasio como un percusionista decidido a demostrar su talento innato a todo el mundo.

El director Greene, Eloise y algunos estudiantes reparten sándwiches y bebidas, mientras Miguel y su esposa, Juana, preparan varios termos enormes de chili humeante. Por encima del zumbido cada vez más insistente, se oye la voz clara y resonante de Sophie, explicando a algunas personas reunidas cómo usar latas de pintura fosforescente para marcar las rutas de escape en caso de que se apague la luz.

Me ofrezco como voluntario para diversas tareas sin dudarlo, pero no puedo evitar quedarme mirando la entrada del gimnasio, esperando. Mientras tanto, la ansiedad dentro de mí crece desmesuradamente. Tengo que buscarlo, tengo que saber que está bien.

Justo cuando decido dirigirme a la entrada, Kendall entra por la puerta principal, seguido de sus compañeros de trabajo, Cole y Ben, y algunas otras personas que acababan de llegar con ellos. Está empapado por la lluvia, con el pelo recogido y sus anchos hombros envueltos en un impermeable azul. Al saber que está aquí, mi corazón finalmente se calma. O mejor dicho, es mi nerviosismo el que se calma, pero la emoción de volver a verlo me conmueve.

Me acerco a él, y él también viene hacia mí. Ambos levantamos los brazos, en un gesto muy parecido a un abrazo contenido. Quiero abrazarlo, sostenerlo, besarlo. En cambio, cierro los ojos un momento, manteniendo la distancia.

—Estás aquí—. Eso es todo lo que puedo decir.

—Sí, estoy aquí. —Me sonríe con una expresión radiante. Traga saliva y me mira a los ojos. Siento que quiere decir más, pero se contiene. Finalmente, mira a su alrededor, siguiendo brevemente los movimientos de la gente que nos rodea—. Si puedo hacer algo...

—Sí, por supuesto.

Decido encargarle una tarea también. En cuanto al resto, para nosotros, ya habrá tiempo más adelante. Cuando todo esto termine y estemos a salvo.

Gran parte de Magnolia Crest, quizás la más frágil e indefensa, está aquí ahora. Y debemos hacer todo lo posible por ayudar a esta gente. Eso es lo único que importa ahora mismo.

A primera hora de la tarde, los generadores de emergencia empiezan a zumbar. Mientras tanto, afuera, las calles se van convirtiendo en ríos cada vez más rápidos y constantes. Además de la lluvia torrencial, el río Hawthorne seguramente se habrá desbordado.

Un estruendo repentino sacude el suelo de parqué y, mientras tanto, mi teléfono móvil vibra con la alerta de inundación repentina de la NOAA.

En cuestión de un segundo, todo se hunde en una densa e inquietante oscuridad. Siento como si de repente me hubieran privado de la vista, pero sé que tendré que acostumbrarme a la oscuridad. El rugido colectivo de la gente reunida en el gimnasio sube y baja en un eco aparentemente interminable. En ese momento, es evidente que los generadores han fallado. Instintivamente, saco la linterna de mi botiquín. El haz cónico atraviesa la oscuridad, revelando rostros pálidos y ojos muy abiertos.

Kendall se acerca a mí instantáneamente y me roza el codo.

—Si no recuerdo mal, los vestuarios masculinos tienen paneles eléctricos de emergencia con un segundo generador. Podemos intentar reactivarlo.

Daryl Carver, a unos pasos de nosotros, asiente con seguridad. —¡Sí, es cierto! Me encargo.

Pero Kendall niega con la cabeza. —Quédate y coordina a la gente aquí, agente. Yo me encargo.

Carver se acaricia la mandíbula un momento, luego suspira y asiente. —De acuerdo, pero no vayas solo, es demasiado peligroso. Llévate a Sayer contigo.

La sugerencia llega inesperadamente, sin ninguna acusación velada ni intención despectiva hacia nosotros. Pero quizás se deba simplemente a las circunstancias específicas de esta emergencia, no a un cambio repentino y abrupto en la personalidad del hombre que, de niño, me acosaba, convirtiendo mi adolescencia en un infierno. Sobre todo en los mismos vestuarios a los que realmente nos beneficiaría alcanzar ahora.

—Gran idea, se me da bien la electricidad—. En parte es cierto, en parte lo digo para relajarme un poco.

Así que intercambiamos una mirada rápida y nos dirigimos hacia el pasillo lateral. Kendall, unos pasos delante de mí, se gira para asegurarse de que lo sigo.

—Todo va a estar bien. Lo sabes, ¿verdad? —Me dedica una sonrisa ligeramente cansada.

—Claro que lo sé—. Asiento y le toco el brazo. —¡Este maldito huracán no ganará!

Kendall apenas cierra los ojos, y seguimos adelante con determinación hacia nuestro destino. Mientras tanto, el suelo vibra bajo las ráfagas de viento y el huracán azota las paredes sin cesar, sin dejar de hacerse sentir.

—Profesor Sayer... — De repente, una voz suave, apenas audible, se dirige a mí.

Miro a mi alrededor y también llamo a Kendall para que pare.

Al iluminar un poco con mi linterna, veo a una niña agachada en un rincón. Es Nadia Davis, una de las más jóvenes del grupo que trabaja en mi proyecto. Junto a ella, en la misma posición, hay un niño cuyo nombre desconozco, pero que, a grandes rasgos, parece de su misma edad, trece o catorce años.

Parecen aterrorizados, tanto que no pueden moverse.

—¿Qué haces aquí? —No me parece una pregunta muy sensata (obviamente, por una razón u otra, se quedaron a oscuras), pero es la primera que me viene a la mente.

—Quería salir a buscar a mi hermana... y Chase me siguió. Pero... se fue la luz y me caí...

—Está bien, lo entiendo.

Miro a Kendall, quien asiente, ayudándome a levantar a los niños. Al instante noto que Nadia se ha torcido el tobillo al caerse, y Chase parece preso del pánico, preocupado por ella y la situación.

—No podemos dejarlos aquí—. Me vuelvo hacia Kendall. —Toma tu linterna y llévalos de vuelta al gimnasio. Yo continúo hacia los paneles eléctricos.

—¡No! —La seca respuesta, acompañada de una mirada decidida, me deja claro que Kendall no parece dispuesto a aceptar ninguna alternativa al plan preestablecido.

—Kendall, no podemos dejarlos aquí, no podemos llevárnoslos, no podemos enviarlos de regreso solos...

—Lo entiendo, Lance, ¡hay muchas cosas que no podemos hacer! ¡Pero tampoco puedo dejarte solo con ese puto generador!

Al alzar la voz, abro los ojos como platos. Se supone que somos los adultos aquí. Eso significa no usar malas palabras en presencia de dos adolescentes de quienes deberíamos ser responsables.

Kendall levanta ambas manos, como si se disculpara.

—No hay problema—, ríe el chico llamado Chase. —Hemos oído cosas peores. Y, en fin, podríamos ir...

—¡No!— Esta vez Kendall y yo respondemos al unísono.

—Hagámoslo de esta manera. Tú llévalos de vuelta y luego ven a verme—. La idea parece sensata, pero Kendall resopla con resentimiento y se encoge de hombros, aún dubitativo. —Si nos quedamos discutiendo, perderemos aún más tiempo valioso. No estaba presumiendo demasiado antes. Soy bastante bueno con la electricidad.

—Parece que tengo que confiar en tu palabra, profesor. ¡Pero entonces quiero pruebas!

Con un gesto de la cabeza, les indica a los chicos que lo sigan. Al ver la evidente dificultad de Nadia, obligada a cojear, la agarra por la cintura y la levanta en brazos como si fuera una ramita delgada y rota. Ella lo mira con la misma expresión absorta que

Lois Lane tiene al observar a Superman. Aunque, de hecho, Kendall se parece físicamente a Thor.

¡Joder, me estoy volviendo loco, de verdad!

—Yo también podría haberlo hecho, si ese es el caso... — La voz celosa de Chase me hace sonreír. —Te lo mostraré luego, Nadia.

—Sí, sí... ¡así me romperé el otro tobillo y el cuello también!

Reanudo mi camino hacia los vestuarios y logro llegar a la puerta, que cruje de forma inquietante, como en una película de terror. A mi alrededor, las taquillas grises vibran suavemente. Me acerco a los paneles eléctricos y dirijo mi linterna para iluminar mejor la zona. Pero las noticias, por desgracia, no son buenas, pues me encuentro con interruptores saltados y cables empapados de condensación.

—No hay nada que hacer...— suspiro.

En ese momento, no puedo evitar darme la vuelta. Justo cuando estoy a punto de irme, la puerta del vestuario vuelve a crujir, anunciando que alguien había entrado.

—¡Soy yo!— Me encuentro frente a Kendall, respirando con dificultad y apuntándome con su linterna. —Dejé a los niños con Eloise y ya estoy de vuelta.

—Te veo. Podrías haber evitado volver corriendo. No soy una damisela en apuros. —Lo molesto, y frunce el ceño indignado.

—No, al parecer eres un imbécil. —Me tira de la cadera y acerca su cara a la mía.

—Me siento inspirado... — Apenas rozo sus labios, y entonces me doy cuenta de que este no es lugar ni momento para jugar ni hacer nada más. —En fin, aquí nada funciona, por desgracia. El cuadro está mojado, hay humedad por todas partes.

—Mierda...

Mientras Kendall niega con la cabeza, decepcionado, me paso las manos por el pelo y cierro los ojos. Me siento abrumado. Tanto que me fallan las piernas, y me siento en el banco, no lejos del cuadro, con las rodillas encogidas. Me froto los ojos con los dedos; siento que se me llenan de lágrimas. Ni siquiera sé si es por cansancio, tensión o algo más.

—Lance... — Kendall dice mi nombre, su voz ronca ahora es más seductora que nunca.

Se sienta a mi lado y nuestras rodillas se tocan. Muevo la mano ligeramente hacia un lado y al instante encuentro la suya. Nuestras palmas se acarician, nuestros dedos se entrelazan.

—Volviste para...— No sé qué decir. Dejo la frase en el aire a propósito.

—No fue el cuadro eléctrico, ni la oscuridad, ni el huracán... — Kendal me mira. —No podía dejarte solo aquí otra vez, en peligro. No quería que recordaras este momento sin mí. Nunca más.

—Kendall, yo...

Lo miro a los ojos y apoyo mi frente contra la suya.

Lo amo. Y con cada gesto, con cada palabra, lo amo aún más.

Permanecemos en un silencio casi perfecto, roto solo por el viento que aúlla afuera como un animal furioso, con su rabia incontenible silbando contra las paredes del edificio, que espero sea lo suficientemente resistente como para sostenerse en pie todo el tiempo que sea necesario.

—Gracias por volver por mí.

Él asiente. La luz que ahora brilla en sus ojos dice más que mil palabras. Vuelvo la cara hacia él y levanto la mano que no sostengo firmemente en la suya, recorriendo su sien, el arco de su ceja, luego su pómulo, hasta tocar sus labios.

Kendall levanta la mano y me toca la mandíbula con el índice. Sus ojos azules brillan aún más. El huracán y todo lo que nos rodea, por un instante, ya no existe.

—De ahora en adelante será así. Siempre volveré por ti... a ti.

Sonrío, inclinando mi rostro para que nuestros labios se encuentren más fácilmente, ahora a medio camino entre el miedo y la necesidad, palabras no dichas y sentimientos que ya no puedo reprimir, contener.

Así que, mientras nuestras lenguas exploran, intercambiamos alientos, y mis pulmones se llenan de él. Las manos de Kendall ahora enmarcan mi rostro, las mías acariciando su nuca. Siento el temblor de sus dedos, el mismo temblor que recorre los míos.

Un repentino rugido metálico rompe el hechizo, obligándonos a apartarnos. La puerta de acero vibra, y desde allí, en el suelo, una línea oscura se extiende como tinta. El agua se filtra por debajo del umbral.

—Creo que el pasillo se está inundando —murmuro con la voz quebrada.

Ambos saltamos de pie mientras el agua presiona desde afuera, llenando y ocupando rápidamente el espacio circundante y luego subiendo cada vez más.

—¡Tenemos que irnos!— A pesar de sus palabras, Kendall parece no saber qué hacer.

Ambos nos dirigimos hacia la puerta, pero de poco sirve, pues parece estar atascada. No tengo ni idea de cómo estará la situación afuera, pero me da miedo pensarlo. Sin embargo, no puedo evitar temer que el huracán, con su fuerza sin precedentes, haya destrozado la entrada principal de la escuela.

Me parece notar una sombra oscura que se cierne sobre mí de repente, e instintivamente levanto la linterna hacia el techo. Me doy cuenta de que la humedad debe haber hinchado los paneles, tanto que uno está torcido, y temo que esté a punto de caerse.

Me doy cuenta del peligro de inmediato y me muevo, pero es demasiado tarde. Ni siquiera tengo tiempo de gritar. Con un golpe seco, el panel se desprende y cae justo encima de mí. Siento un golpe sordo, el dolor, luego el agua helada en la espalda, los sonidos apagados.

—¡Lance! ¡Lance, por favor...! —Distingo el rostro de Kendall, su voz llamándome. —Por favor, mi amor...

Entonces su rostro también se vuelve borroso y sus labios continúan moviéndose, tal vez llamando mi nombre en un grito que ya no puedo oír.

Lo último que siento, antes de que la oscuridad me devore por completo, es el calor de su mano apretando fuertemente la mía.

Luego nada más.

Luego el vacío.

Luego un abismo oscuro, donde ya no puedo encontrarlo.

Donde me encuentro, una vez más solo, sin él.

CAPÍTULO 14

Kendall

Dos días después del huracán, todavía no puedo creer que esté aquí y pueda hablar de ello. Tenía miedo, creo que nunca había sentido tanto miedo en mi vida. Pero el terror de perderlo me dejó sin aliento e impotente.

Lance descansa en mi cama, en el pequeño apartamento contiguo a mi taller de carpintería. Mi "Wonder Woodcrafts", desde la época del abuelo Amos, ha sido construido para resistir impactos. Siempre lo he sabido, y ahora he visto otra demostración. A pesar de algunas abolladuras, esta vez también ha resistido bien.

Lo observo dormir. Sus brazos cuelgan flácidos a los costados, su cabello despeinado oculta parcialmente su frente febril. Quiero ser yo quien lo cuide hasta que se mejore. Es tan hermoso que, a pesar de todo, casi parece irreal. Suspiro, me inclino sobre él y poso suavemente mis labios en su frente.

Todo estará bien.

Estás a salvo.

Yo te protegeré.

Estas son las cosas que me gustaría decirle, junto con tantas otras. Pero por ahora, me veo obligado a esperar a que despierte y, mientras tanto, velar por él mientras duerme.

Revivo la escena con un escalofrío. Solo de pensar en el peligro, el riesgo que corrió Lance en ese maldito vestuario... ¡Y fue culpa mía! ¡Fui yo quien quiso ir allí a intentar restablecer la electricidad! ¡Fue idea mía!

Cuando uno de los paneles del techo se cayó, Lance fue sorprendido y no tuvo tiempo de moverse, por lo que recibió un golpe diagonal. Intenté ayudarlo; ojalá me hubiera dado cuenta antes, pero, por desgracia, para cuando sucedió, ya era demasiado tarde.

Por suerte, las consecuencias no fueron tan graves como parecían al principio, y Lance escapó con un hematoma bastante grave en el hombro derecho y un corte en el bíceps. Lo peor, al menos para mí, fue el susto, ya que se desmayó de dolor, aunque solo fuera por unos minutos.

Cuando volvió a abrir los ojos, pude levantar el panel de su cuerpo y se escabulló, alejándose del lugar donde se desplomó. Luego, poco a poco, Lance logró ponerse de pie.

"Estoy bien", repetía para tranquilizarme. "Tendrás que aguantarme un poco más, Henderson."

Seguí abrazándolo, manteniéndolo cerca, casi sin escucharlo.

Tras taparle la herida del brazo y sujetarlo por la cintura, logramos abrir la puerta que parecía atascada y avanzar por el pasillo, inundado, pero afortunadamente aún accesible, hasta el gimnasio, donde Eloise y Juana atendieron a Lance con los primeros auxilios mientras esperaban atención médica. Yo, sin embargo, seguí dando vueltas por la zona, sintiéndome completamente inútil.

Incluso la situación general, a pesar del corte de electricidad y la zona parcialmente inundada, pareció inmediatamente menos grave de lo que temía al ver el agua filtrándose en los vestuarios. Según las últimas noticias, el huracán estaba amainando y perdiendo fuerza gradualmente. Según los pronósticos, su intensidad disminuiría pronto hasta convertirse en tormenta tropical.

Y así fue, y en pocas horas, la alerta se levantó gradualmente. A pesar de los daños, afortunadamente no hubo víctimas, al menos en Magnolia Crest.

—Oye... —La voz de Lance me devuelve al presente.

Sonrío y me arrodillo a su lado.

—¿Te desperté?

Él inclina la cabeza ligeramente y un brillo en sus ojos verdes hace que mi corazón se acelere.

—No, ya estaba despierto. —Intenta incorporarse apoyándose en los codos.

—¡No te muevas, no puedes forzar el hombro! —Me siento en el borde de la cama y le pongo la mano en el pecho—. ¡Y te arriesgas a arruinar el vendaje del brazo! Necesitas descansar. Si necesitas algo, yo...

—Estoy bien, Kendall. Ya no me duele tanto. No me trates como a un inválido.

—Vale, pero el golpe fue muy fuerte y aún tienes un poco de fiebre. —Suspiro e inclino la cabeza hacia él. Lance se mueve y acerca sus labios a los míos.

—Podría deberse a otra cosa... ¿O quizás solo te gusta jugar a los médicos?— Se ríe y me guiña un ojo, mordiéndose el labio provocativamente. —Si es así, ¡me apunto!

—¡Eres imposible! —Me echo a reír y luego pongo los ojos en blanco. —Yo me preocupo, y tú...

—Te estoy tomando el pelo—, admite con una sonrisa, alborotándome el pelo mientras me cae sobre los ojos. —Pero acabo de descubrir que me gusta que me trates así.

Cierro los ojos y lo beso, acariciándole suavemente la cara. Lance levanta el brazo izquierdo, el que no está herido, y me sujeta por la nuca, profundizando el beso. Cuando nos separamos, ambos estamos sin aliento, como si hubiéramos corrido una maratón.

—Me asustaste... — admito, tragando saliva. —¡No sabes cuánto! Tenía miedo de que...

Lance niega levemente con la cabeza, atrayéndome hacia él, interrumpiéndome. Me inclino sobre él, rozando su rostro con mis labios, luego su pómulo y finalmente su cuello. En ese momento, lo oigo gemir, cada vez más fuerte, mientras mi barba le roza la piel, provocándole escalofríos en la espalda. Mientras tanto, pone su mano sobre mi pecho y empieza a bajar. Mi excitación crece, hasta el punto de que yo también empiezo a perder el control y siento que ardo por dentro, como un fuego abrasador que me invade las entrañas y recorre mis venas junto con mi sangre.

—Kendall... — suspira contra mi cuello, sus gemidos toman aún más posesión, mezclándose con los míos.

Inesperadamente, justo cuando creo que está a punto de soltarse, se aparta de mí. Manteniendo su mano sobre mi pecho, me mira a los ojos. Nuestros rostros aún están a poca distancia, pero su mirada ahora es seria, resuelta.

—Perdón... —Me muerdo el labio y aparto la mirada. —Me estoy precipitando.

Siento su respiración profunda sobre mí y quisiera calmarme, calmar mis latidos cuando estoy cerca de él. Necesito recomponerme ahora, pero no me lo pone fácil.

—No. —Lance toma mi mano y se la lleva a los labios, entrecerrando los ojos. —Soy yo...

No tengo ni idea de qué quiere decirme. Solo tengo miedo de que me rechace. No tanto mi cuerpo, como mi corazón, mis pensamientos, mis sentimientos por él. Quizás eso es lo que lo detiene, lo que lo hace detenerse, detenerme.

—Lo entiendo, Lance. Está bien.

Tengo que aceptarlo, no hay alternativa. Estoy intentando seguir adelante, separarme de él. Hay otros asuntos importantes que debemos discutir ahora, que tienen prioridad sobre nosotros, sobre mi amor por él, sobre mi deseo de tenerlo.

—No, no lo entiendes—. Lance me retiene, agarrándome la muñeca. —No lo entiendes, Kendall. No entiendes que me estás volviendo loco. No entiendes que te deseo como nunca he deseado a nadie. Nunca, en toda mi vida. Sobre todo, no entiendes que yo...

Me quedo inmóvil, mirándolo fijamente, como aturdido, soñando, esperando a que siga hablándome. Porque, con cada palabra que dice, siento que puedo respirar de nuevo. Más bien, puedo respirar de verdad, por primera vez en mi vida.

—No entiendes que me he enamorado de ti... y no puedo, no puedo parar más, porque... me has abrumado, igual que un huracán.

Un sollozo me sube del pecho a la garganta. Beso los labios que me ofrece con ardor, con una pasión que me hace perder el control por completo. Lance me agarra la cadera, obligándome a caer sobre él. Tengo cuidado de no cargarlo demasiado, arriesgándome a dañarle el hombro magullado y el brazo herido.

—Te amo...— Sonrío y lo beso lentamente de nuevo, anticipando su sabor, el aroma de su piel contra la mía. —Siempre te he amado. Eres mi huracán, Lance. El huracán de mi corazón.

Sonríe, entrelazando sus dedos con los míos. Me encuentro con mi pecho a poca distancia del suyo, nuestros corazones latiendo al unísono. Continúo besándolo mientras lo ayudo a quitarse la camisa, y él desliza su mano bajo la mía, deslizándola hasta el dobladillo de mis pantalones y rozando mis boxers. Mi erección es ahora incontrolable cuando por fin logro liberarme de la ropa y me encuentro tumbado a su lado mientras él se prepara para hacer lo mismo.

Acaricio su cuerpo mientras Lance levanta las caderas y escudriña mi piel, mis manos lo recorren frenéticamente, explorando cada centímetro de él sin inhibiciones. Y de repente, entre nuestros gemidos de deseo y placer, siento que me redescubro a mí mismo, no solo a él, sino a mi propio cuerpo, a mis impulsos más ávidos, como si fuera la primera vez para mí, no solo mi primera vez con Lance Sayer.

Así me dejo llevar por completo, cediendo como arcilla en sus manos expertas que, apretándose cuidadosamente a mi alrededor, me provocan gemidos cada vez más profundos, incontrolables, hasta explotar con él, en un orgasmo en el que el transporte y la lujuria se mezclan con el amor.

Nos quedamos uno al lado del otro, sin aliento. Lance mueve lentamente su mano sobre mí, acariciando mi brazo hasta que baja y encuentra la mía. Giro la cabeza ligeramente hacia él y giro la palma, apretándole la mano y entrelazando mis dedos con los suyos.

—Te quiero...— susurra suavemente, como si saboreara las palabras en su lengua, en el paladar. —Te amo y te quiero, una y otra vez... de todas las maneras posibles, Kendall.

Cierro los ojos para dejarme llevar por sus palabras, por su aliento. Una sonrisa dichosa se dibuja en mis labios. Aunque no puedo verme desde fuera, sé que es así, sé que es verdad. He soñado con este momento durante años, incluso cuando estaba convencido de que nunca llegaría, desde que comprendí que, para mí, amar significaba amarlo a él, a Lance Sayer. El marginado, el rebelde, el chico que nunca se rindió ante la crueldad, la malicia de la gente, solo para perseguir sus ideas, solo para ser él mismo y seguir su corazón.

—Y me tendrás, Lance. Me tendrás para siempre. De todas las maneras posibles.

CAPÍTULO 15

Kendall

Todo lo demás parece superable ahora. Como si mi incontenible felicidad por amar y sentirme amado realmente pudiera superarlo todo.

Hemos superado un huracán juntos. También superaremos el resto. Saber que Lance corresponde a mis sentimientos, que para él también no se trata solo de atracción física, ha despertado una energía dentro de mí, una fuerza que nunca había tenido.

A última hora de la mañana, Eloise viene a visitarnos con algo de ropa de repuesto para Lance y algunos suministros, amablemente ofrecidos por Miguel y Juana.

—La electricidad está casi completamente restaurada—. A pesar de la innegable preocupación en sus ojos, nos mira con ternura en cuanto se da cuenta de que ambos estamos bien. —Al final, podemos decir que escapamos sin demasiados daños. Tuvimos suerte, a pesar de todo. Claro, habrá mucho trabajo, pero al menos no hubo víctimas.

—Bueno... — Me siento un poco incómodo, está claro que Eloise se ha dado cuenta de que Lance y yo hemos pasado a la siguiente fase de nuestra relación.

Me mira a mí y luego a Lance, luego suspira y se cruza de brazos. No es solo una visita social; lo supe desde el principio, tiene algo que decir.

—Eloise... sea lo que sea... — Lance también cruza los brazos, imitando su postura y su ceño pensativo. Luego, con una mueca, se frota el hombro. —Podemos lidiar con ello. Estamos listos, ¡adelante, dispara!

—Mmm... — Eloise asiente y me mira. —Tu padre llegó con un grupo organizado de voluntarios que trabajan con la iglesia para distribuir mantas, comida y artículos de primera necesidad a quienes sufrieron daños en sus hogares. Preguntó por ti; sabía que irías a ayudar a la gente reunida en el gimnasio.

—¿Le contaste lo que pasó?— La verdad es que no me importa mucho. Solo quiero recuperar mi vida, aquí o en otro lugar. Y tener a Lance a mi lado.

—Yo no, aunque... se enteró de todas formas. Obviamente, sabe que estáis aquí juntos ahora, así que... —Eloise resopla, poniéndose una mano en la frente. Parece indignada, furiosa... parece muchas cosas, y por mucho que la conozca, sé que no es fácil enfadar a Eloise Carrington. —Chicos, yo estoy con vosotros. Miguel y Juana están con vosotros. El director Greene también y... bueno, casi todos lo estamos, pero...

—Está bien, Eloise. No tenemos intención de escondernos—. Hablo por mí, pero también miro a Lance, quien asiente con seguridad.

—Ese no es el punto, Kendall. —Eloise baja la mirada un instante. Luego la levanta hacia nosotros. Me doy cuenta de que hay más, pero le cuesta hablar, revelar lo que sabe.

—¿Mi padre ya no quiere saber nada de mí?—, intento anticiparme, adivinar sus pensamientos. —No es nada nuevo.

—Además, amenaza con convencer al consejo pastoral para que suspenda todas las becas escolares, incluso las de los estudiantes con dificultades. No solo las destinadas a proyectos de arte. A menos que... bueno, a menos que Lance renuncie de inmediato y abandone Magnolia Crest.

Cierro los ojos y niego con la cabeza. Un silencio casi irreal me envuelve. Al abrirlos de nuevo, me doy cuenta de que Eloise no tiene el valor de continuar, y Lance ha bajado la cabeza, aparentemente inmóvil. En cambio, noto que un escalofrío le sacude la espalda, y su rostro, que apenas alcanzo a distinguir, se ha arrugado, primero por la incredulidad, luego por el dolor.

Quisiera acercarme a él, abrazarlo, consolarlo. Pero la verdad es que ni siquiera creo tener la fuerza.

—Recortar esos fondos perjudicará a quienes no tienen nada que ver, a niños que necesitan ayuda para continuar su educación... —Lance levanta la cabeza. No me habla directamente a mí, ni siquiera a Eloise. Quizás se lo está recordando a sí mismo, a su conciencia. —De acuerdo. Renuncio y me voy de Magnolia Crest.

Lo alcanzo al instante, lo agarro del brazo y le acaricio la espalda.

—Iré contigo. Reconstruiremos nuestras vidas en otro lugar.

—¡Pero no es justo! —La voz impetuosa de Eloise nos obliga a desviar la mirada hacia ella. —No quiero que vos vais. Somos muchos los que vos queréis aquí. ¡Deberéis dejar vuestro trabajo, abandonar vuestros proyectos, todo por lo que trabajaste tan duro! Sin mencionar... ¿Qué será de otras personas que, por desgracia para ellas, eligen amar a alguien que no es aprobado por la iglesia o la comunidad? ¿Cuál será su destino? ¿Dejarlo todo? ¿Irse para no ser objeto de chantajes mezquinos? ¿Cederle la voluntad a alguien que les dicta cómo deben vivir, con quién deben estar?

Me quedo callado. Eloise tiene razón. Pero tener razón no bastará, por desgracia.

—¿Y bien? — Lance se acaricia la mandíbula. Veo cierta determinación en sus ojos, como si el discurso de Eloise lo hubiera despertado y convencido de reaccionar. —¿Qué podemos hacer?

—Los estudiantes de tu grupo están organizando una campaña de petición. Yo y todos los de vuestro lado los estamos ayudando en todo lo que podemos—. Eloise junta las manos y entrelaza los dedos. Ahora parece estar llena de una ira inagotable, mezclada con determinación. —Si el reverendo Henderson convence a la junta de que deje de financiar la escuela... buscaremos esos fondos en otra parte. Denunciaremos todas las injusticias cometidas contra vosotros y contra niños inocentes que merecen recibir esa ayuda. Pero para esto, necesitamos a vosotros, sobre todo. Necesitamos vuestra promesa de que vos mantendréis firmes y no abandonéis Magnolia Crest. Sé que no será fácil, pero... ¿Nos ayudaréis? ¿Podemos contar con vosotros?

***

Pueden contar con nosotros.

Ni siquiera tuvimos que pensarlo ni hablarlo. La respuesta estuvo clara desde el principio, para ambos.

Y así ha comenzado nuestra "nueva vida", por fin al descubierto. Aunque, por ahora, todavía nos acechan los cielos grises y tormentosos tras el huracán y el sufrimiento de vernos obligados a luchar contra un chantaje cruel e injusto. Y el artífice de ese chantaje es mi padre.

Pasamos un par de días de relativa calma, mientras la situación en Magnolia Crest vuelve poco a poco a la normalidad. Sin embargo, la lluvia torrencial ha vuelto a hacer mella en el pueblo, aunque lo peor parece haber pasado. Los constantes aguaceros han creado enormes charcos en el camino que lleva a "Wonder Woodcrafts" y a lo que ahora se ha convertido en nuestro refugio. Por suerte, mi Blue Belle, a pesar de algunos golpes, está bien equipado y es el vehículo más útil para llegar y llevar a los niños de ida y vuelta. El Civic de Lance, aunque sobrevivió al huracán, no sirve para el trabajo ahora mismo.

Cuando oigo que llaman a la puerta, estoy convencido de que son Ben y Cole, quienes prometieron venir a ayudar con la operación de rescate de tableros y paneles para el proyecto artístico de Lance, que sigue en marcha aquí, a pesar de todas las intimidaciones. El furgón de Ben es quizás el único vehículo entre nuestros amigos que puede llegar al taller de carpintería, así que solo pueden ser ellos.

Pero inesperadamente, en lugar de mis compañeros de trabajo, me encuentro frente a Daryl Carver, quien, vestido con su uniforme de vice sheriff, me mira con su habitual expresión oscura, casi amenazante.

—¿Qué quieres?— No quiero perder el tiempo con él. Ahora que Lance y yo estamos en el ojo público, no estoy dispuesto a soportar insultos ni abusos de nadie, y menos de él.

Cierro la puerta y salgo del taller de carpintería. No pienso dejarlo entrar y molestar a Lance, que está repintando las tablas que logramos rescatar con Sophie, Thomas, Nadia y algunos otros estudiantes del grupo.

—No tengo tiempo que perder, Carver—. Cruzo los brazos, como si vigilara la puerta que jamás dejaré pasar. —Sabemos exactamente dónde te encuentras, y puedes decirle a mi padre, a la alcaldesa, a quienquiera que te haya enviado, que no, no cambiaremos de opinión.

De repente recuerdo que el hijo de Reena Cowell, Thomas, está justo más allá de la puerta de mi taller, y que la alcaldesa podría haber enviado a Daryl a recogerlo, acusándonos a Lance y a mí de quién sabe qué. ¿Secuestro, ya que lo trajimos aquí? ¿Corrupción de un menor hacia la acera de enfrente? ¿Incitación a la homosexualidad? Poco importa que Thomas sea indudablemente heterosexual y que haya estado claramente enamorado, aunque no del todo correspondido, de Sophie Whitman. Lance y yo aún corremos el riesgo de ser el objetivo de Reena Cowell. ¡Como si el intento de mi padre de destruirnos no fuera suficiente!

—No estoy aquí para eso, Henderson.

Daryl Carver suspira profundamente y se lleva una mano a la cabeza. A pesar de sus esfuerzos por evitarlo, reconozco algo familiar en él: el cansancio, la expresión agotada de quien ha luchado durante días entre agua, barro, escombros y gente necesitada de ayuda, comida, mantas y tal vez incluso unas palabras de consuelo.

—¿Oh, no?

Soy escéptico. Muy escéptico con respecto a él. A pesar de su expresión de dolor, como alguien que hizo todo lo posible por proteger a los residentes de Magnolia Crest de la furia del huracán, no puedo olvidar lo que siente por nosotros y la postura que siempre ha adoptado hacia la comunidad LGBT. De hecho, a estas alturas, incluso podría ser una trampa de su parte.

—No—. Intenta mirar más allá de mí, a la puerta cerrada que tengo detrás. Pero no me muevo. Si espera que lo deje entrar, está delirando. —Quería decir que... no tengo nada que ver con esto, eso es todo. Lo que traman tu padre, la alcaldesa y los demás... O sea, tú no me caes bien, y a Sayer tampoco. ¡Pero recortar los fondos escolares es una tontería, eso es todo!

—¡De acuerdo! ¿Y qué necesitas ahora, agente Carver? ¿Con tu historial como abusador y opresor de niños indefensos? ¿Mi bendición? —Niego con la cabeza. No puedo ceder, no puedo confiar en él. Hizo demasiado daño a Lance y no lo olvidaré. —Lo siento, has buscado al Henderson equivocado; no soy mi padre. ¡No conseguirás nada de mí!

—Sí, supongo que tienes razón...— Arruga la nariz en una mueca y baja la cabeza. —Entiendo que estés enfadado conmigo y que lo estarás para siempre, pero... si puedo hacer algo, bueno...

—¿Hacer algo? ¿Tú? Por lo que a mí respecta, puedes irte a la mier...

Antes de poder terminar mi frase, oigo que la puerta se abre detrás de mí.

—¡Quizás podrías evitar que tus amigos inunden las redes sociales de mierda!

Lance se apoya en el marco de la puerta, obligándome parcialmente a moverme.

Daryl aprieta la mandíbula y niega con la cabeza. —Los conozco, claro, pero no soy yo quien dirige a esa gente en las redes sociales. De todas formas, no me escucharían.

No me tomé en serio la oferta de ayuda de Daryl Carver. No sé qué espera Lance de él, pero me temo que lo está sobreestimando. Y, a decir verdad, dudo que pueda hacer algo para calmar los comentarios homofóbicos de algunos miembros de Magnolia Crest. Al menos en eso estoy de acuerdo con él.

—Todos siempre te escuchaban, Carver—. Lance lo mira fijamente con sus ojos verdes. Ahora mismo, con esa chispa de determinación e intransigencia, me recuerda a un felino listo para abalanzarse sobre su presa. No recuerdo haberlo visto nunca así. —Eras su capitán, siempre tuviste ese poder sobre tu equipo, siempre convencías a la gente de hacer lo que pedías. Lo recuerdo muy bien.

Una ligera brisa nos azota, trayendo consigo un olor a almizcle y lluvia. Daryl apenas cierra sus ojos grises, esos ojos gélidos que me aterrorizaban de niño, y levanta una mano hasta tocarse la frente, luego la baja sin decir nada. Finalmente, abre y cierra los ojos un par de veces, como un animal acorralado en este momento. Un animal asustado. Tensa los labios, mira hacia el interior de "Wonder Woodcrafts", y parece como si una pizca de vergüenza, o quizás remordimiento, cruzara su iris.

—Yo...— Apenas oigo su voz. Casi no lo reconozco. —Yo lo intentaré.

Finalmente, baja la cabeza, se da la espalda, se sube a su furgón, arranca el motor y se marcha. Con esas tres palabras, "Yo lo intentaré", casi siento que presencio el comienzo de una rendición.

CAPÍTULO 16

Lance

La vieja impresora de Eloise tose y resopla, pero sigue impávida escupiendo hojas A4 que su incansable dueña, con su pelo castaño recogido en un moño ahora casi completamente despeinado, extiende sobre el mostrador de su "Magnolia Chapters", divididos en bloques según el color y el contenido.

Los títulos destacados incluyen:

"Nuestra escuela es nuestra vida: protegemos a nuestros estudiantes."

"No puedes elegir a quién amas, el amor hace del mundo un lugar mejor."

"Apoyamos a nuestra comunidad, juntos somos más fuertes."

El tono es más o menos el mismo para todos, y van acompañados de los dibujos y obras de los niños. Apelan al sentido común, la caridad, el espíritu de solidaridad y, sobre todo, al despertar de la conciencia. Suponiendo que algunas personas todavía tengan una.

—Eloise... Eloise, quizás quieras parar un rato, descansar... — Me acerco e intento llamar su atención, pero está tan absorta en su operación que parece no verme ni oírme. —O sea, me estás asustando. Pareces una mezcla entre Robocop y Terminator.

Mi última frase finalmente parece captar su atención. Continúa obstinadamente con su trabajo, pero se muerde el labio para ocultar una sonrisa.

—Ya he impreso casi quinientos. No me voy a rendir—. Sonríe profundamente y se pone las manos en las caderas. —También tenemos otros lemas en mente. En fin, empezaremos a distribuirlos mañana. Mientras tanto, tú y los chicos deberían estar casi listos con las tablas y la primera fase del mural, ¿no?

—Sí, ya casi lo logramos. Kendall, Cole y Ben también están intentando lijar todas las tablas intactas que pudieron rescatar. ¡Kendall ni siquiera durmió anoche! ¡No pude conseguir que lo desenchufara!

«¡Así que, aparentemente, tengo competencia como Terminator!»

Sonrío y asiento. Luego me dirijo a la cafetera que tiene en un rincón de la librería y nos preparo una taza a ambos. Vuelvo con ella y se la doy, más que nada para animarla a que se tome un descanso.

—¿Cómo estás, Lance?— Por fin se detiene, toma su taza y me mira con seriedad y ternura. —¿Estás feliz con Kendall?

—Sí, creo que sí.

—¿Qué significa "creo"?

No estaba preparado para responder a una pregunta tan directa, pero debería haberlo esperado de Eloise.

—Significa que sí, soy feliz. Sí, lo amo hasta la locura. Pero...— Dejo mi taza de café en el mostrador y me paso la mano por el pelo. —Pero no puedo evitar pensar que si está metido en este lío con su padre, es solo por mi culpa. Y digo "lío" para decirlo suavemente... ¡Es un desastre, una auténtica mierda! Básicamente, le estoy arruinando la vida... ¡Mi regreso a Magnolia Crest marcó su fin!

—Oh, joder...— Eloise toma un gran sorbo de café y pone los ojos en blanco. —¿De verdad te crees todas estas tonterías?

—Um... yo...

—¿Crees que Kendall estaba tranquilo y sereno antes de tu regreso? ¿Crees que era feliz?— Eloise frunce el ceño y niega con la cabeza con desdén. —Apenas se las arreglaba, como tantos, como todos los demás. Pero... ¿Recuerdas cuando viniste a mí? ¿Cuándo te llevó por miedo a que te quedaras atrapado en tu auto?

Asiento con convicción. Claro que lo recuerdo, ¿cómo podría olvidarlo?

—Desde ese momento, lo vi cambiar. Nunca antes había tenido esa luz en la mirada, en los años previos a tu llegada—. Eloise resopla y vuelve a ordenar sus folletos recién impresos. —Así que tu regreso no marcó su fin... ¡Sino su comienzo!

Me muerdo el labio y me paso las manos por el pelo. Luego rodeo el mostrador, me encuentro frente a ella y la abrazo.

—Vamos, chico...— Me devuelve el abrazo y se aparta para mirarme a los ojos. —¡No quiero oírte decir esas tonterías nunca más!

—Bueno... sabes que ser mi amiga también puede hacerte daño, ¿verdad? Pueden hacerte daño si quieren. El bed and breakfast y la librería que tanto te importan...

Eloise suelta una risa cristalina. Esta vez no parece enfadada, sino más bien divertida.

—Cariño, soy librera independiente y arrendadora ocasional. Siempre he intentado compaginar varios trabajos porque soy, ante todo, una mujer libre, y quiero seguir siéndolo. No me importa tener una aventura si surge la oportunidad, pero personalmente, no creo en las relaciones a largo plazo. ¿Crees que no han intentado hacerme daño o me han hecho daño en el pasado? En cuanto llegué, el grupo más intolerante de este encantador pueblo me llamó puta, zorra y ladrona de maridos. Algunos incluso intentaron que sentara cabeza y me enrollara con algún idiota del pueblo que buscaba esposa...— Eloise suspira, poniendo los ojos en blanco. —Pero eso no es para mí, la verdad. No quiero acabar "cuernada y satisfecha" como otras mujeres que solo necesitan un regalito para callar. ¡Prefiero divertirme y luego eliminarlos, uno a uno! Desde esa perspectiva, ¡soy la Terminator! En fin...

—¡En fin, un día llegará alguien y te volverás completamente loca! —Le digo en broma; ambas necesitamos liberar algo de la tensión que hemos estado acumulando estos días.

—¡No cuentes con ello, chico! —Sonríe y me guiña el ojo—. Me encantan las historias de amor, pero solo las de otros. ¡O las de novela! En cuanto a mí... ¡Soy inmune!

—¡Cuento con ello, Terminator! Tú también caerás, igual que yo. Y cuando lo hagas, ¡estaré aquí para recordarte esta conversación!

***

Cuando vuelvo con él, está solo. Con la espalda contra una de las paredes de "Wonder Woodcrafts", mantiene la cabeza gacha sobre su guitarra, que toca algunas notas, afinándola con cuidado.

En cuanto me oye entrar, me mira. Parece agotado. Lleva demasiados días trabajando, agobiándose, con muy poco sueño y descanso.

Me acerco más, acariciándole la cara, y él baja la guitarra. Inclinando la cabeza, Kendall busca mis labios. Quiero contenerme para no aprovecharme de nuestra energía, pero el beso entre nosotros pasa rápidamente de dulce a apasionado.

—¿Me extrañaste?— Me separo por un momento, apoyando mi frente contra la suya.

—¿Qué piensas?— Él acaricia mis caderas, empujándose contra mí.

—Mmm... tal vez...

—Te extraño en cuanto sales por esa puerta...— Suspira, inclinándose para besarme el cuello; la tensión entre nosotros se vuelve irresistible. —Te extraño cada instante, hasta que vuelvas a ser mío.

Incapaz de contener mis gemidos, deslizo mis manos bajo su camisa, haciendo contacto directo con su piel desnuda. Esto, una vez más, enciende la pasión en ambos. Una pasión que, por mi parte, jamás podré extinguir, erradicar de mi cuerpo y de mi corazón, junto con el amor que siento por él.

Mientras nuestras piernas se entrelazan, con el pecho apoyado, empujo a Kendall contra la pared. Él, en un ataque de furia, mete las manos bajo mi camisa, empieza a desabrocharla y finalmente me ayuda a quitármela, bajando para besarme el cuello y el pecho.

Su barba me roza la piel, provocándome escalofríos que no puedo contener. Pero, entre gemidos, tomo su rostro entre mis manos y lo animo a que me mire. Kendall se da cuenta de que le estoy pidiendo que pare y accede.

Entonces, sus ojos azules se encuentran con los míos. Me mira confundido, un poco perdido, como si temiera que cambie de opinión.

—¿De verdad quieres estar conmigo, Kendall?

Mi voz sale áspera, ronca. Me duele la garganta al decir las palabras que amenazan con romper nuestro hechizo. En este punto, imagino que se rebelará, se ofenderá, incluso se enojará o me devolverá la pregunta. Pero no hace nada por el estilo.

—Sí.

No añade nada más. Es solo un "sí" para él.

Sí, y eso es todo.

Kendall regresa a mis labios, comienza a besarme nuevamente y envuelve sus brazos alrededor de mi pecho.

Sí. Lo oigo gritar fuerte también, desde dentro de mi pecho, mientras nos quitamos por completo la ropa, desnudándonos el uno al otro con la impaciencia que nos impide resistir el fuego que siempre se enciende entre nosotros, el frenesí que nos domina.

Sí, sin miedo.

Sí, sin dudarlo.

Me dejé llevar, devolviéndole el beso con una pasión que ya no puedo contener y reprimir, mientras nuestros cuerpos, más hábilmente que nuestras mentes, saben exactamente cómo moverse, cómo saborear y encajar en busca de ese placer y esa libertad que esperamos alcanzar juntos.

Me acerco para besar el pecho de Kendall, acariciándolo con las manos, pasando los dedos por él mientras lo obligo a girarse y apoyarse en la pared. Mientras le beso el cuello y el hombro, Kendall gira la cabeza para buscar mis labios de nuevo y levanta el brazo para abrazarme.

—Lance...—, susurra mi nombre entre gemidos mientras me acerco a él. Y lo repite una y otra vez, como si se hubiera convertido en su razón de vida.

Mi corazón se acelera aún más al oírlo decir mi nombre. Soy suyo. Quizás aún no sabe o no comprende del todo hasta qué punto soy suyo.

—Sí, Kendall...

Siento un escalofrío de pies a cabeza mientras él se abandona a mí y estoy listo para tomarlo, una y otra vez, y dejarme tomar. Sin cesar. Sin aliento.

Porque soy verdaderamente suyo. Suyo para siempre. En todos los sentidos. En cuerpo y alma.

CAPÍTULO 17

Lance

Repaso mentalmente el curso de los acontecimientos. Desde que regresé a Magnolia Crest, mi coche me falló al detenerse justo a mitad del Magnolia Bridge. Entonces llegó él. Y se apoderó de mi corazón.

Desde ese momento, lo sentí como un sueño, o quizás como un hechizo. Como un vórtice que me atrapó y me arrastró. Aunque, en realidad, era la llegada de Kendall Henderson a mi vida. Su regreso, de hecho. Porque, en realidad, él siempre ha estado ahí, aunque yo no fuera consciente de ello. Siempre ha sido parte de mí, así como yo siempre he sido parte de él, incluso durante los años que hemos estado separados.

De Kendall, aprendí a ser valiente y tener fuerza de espíritu. Me doy la vuelta en la cama y lo encuentro acostado a mi lado. Quiero tocarlo, abrazarlo de nuevo, pero temo despertarlo, y sé cuánto necesita dormir, al menos un poco.

Los próximos días serán intensos. No solo intensos, sino que probablemente cambiarán por completo el curso de nuestras vidas, de ahora en adelante. Y ahora me siento preparado. Me siento más fuerte que nunca.

Sabremos qué será de nosotros, de nuestro destino compartido. Porque esta es la única certeza: pase lo que pase, estaremos juntos.

Porque nos amamos. Y lo merecemos.

Porque ya no puedo imaginar la vida sin él. Sin su luz, su belleza, su calidez, la poesía de sus palabras y su música.

Sin el corazón que me dio, tomando el mío a cambio.

CAPÍTULO 18

Kendall

Conseguí dormirme durante unas horas, tal como Lance quería.

La verdad es que no es el trabajo en su proyecto lo que me quita el sueño. Es la tensión, y en parte la melancolía y la ira.

¿Por qué mi padre tuvo que llegar a tales extremos?

¿Porque no puede aceptar quién soy?

Nunca le pediría que compartiera mis ideas, pero al menos que las aceptara, que las superara. En cualquier caso, no cambiaré. No podría ni aunque quisiera. No soy hipócrita, no quiero usar a la gente, mentir ni engañar. Nunca lo he logrado.

Cree que es Lance; ha descargado todo su resentimiento en él, como si fuera él quien me corrompió, quien me descarrió. Por eso intenta castigarlo por todos los medios. No quiere entender que soy como soy y no podría ser de otra manera. El amor por Lance fue inevitable para mí, hace tantos años. Y lo sigue siendo. Pero no ha cambiado mi naturaleza.

Miro la hora en mi teléfono; son las cuatro de la mañana. Lance está durmiendo a mi lado. Me doy cuenta de que ha estado esperando a que me duerma primero para poder relajarse.

Me levanto lentamente, me visto sin hacer ruido, me pongo los vaqueros y la camiseta, y salgo de mi refugio. Cruzo la puerta de "Wonder Woodcrafts", la cierro y me apoyo con la espalda en la pared de madera.

La luna brilla en lo alto del cielo. Siento una sensación de paz, una tranquilidad que no había sentido en mucho tiempo. Pero me doy cuenta de que si el huracán no hubiera azotado mi interior, jamás habría podido disfrutar de esta tranquilidad.

Cuando Lance me preguntó si de verdad quería estar con él, mi única respuesta fue sí. Solo sí, simplemente sí. Porque todo lo demás que me rondaba la cabeza habría sido superfluo.

Sé cómo se siente. Lo sé muy bien, porque siento lo mismo. Como si lo hubiera dañado, como si lo hubiera privado de algo. La libertad de vivir sin ser constantemente acosado y atormentado por mi padre y sus seguidores por mi culpa. Con su trabajo cuestionado y cada decisión que tomó bajo escrutinio y crítica.

Él, a su vez, se siente responsable de distanciarme de mi padre. En realidad, fue mi padre quien me distanció de sí mismo, como lo había hecho con mi madre a lo largo de los años, debido a las reglas inflexibles que nos impuso, su austeridad, la rígida intransigencia con la que siempre juzgaba y castigaba nuestras debilidades humanas.

Vuelvo lentamente al apartamento de atrás, llego a la cama y me acuesto junto a Lance sin tocarlo. Me vuelvo hacia él, lo observo respirar. Y cada respiración es otro sí para mí. Un sí al amor, un sí a la vida.

Me inclino un poco más y cierro los ojos. Lance, aún envuelto en el sueño, suspira y me toma de la mano. Así que dejo que me encuentre, abrazándolo, dejándome abrazar, mientras una leve y serena sonrisa ilumina su rostro.

Me doy cuenta de que me estoy quedando dormido otra vez y siento una repentina sensación de bienestar. Mañana escribiré una nueva melodía, quizá incluso una nueva canción.

Hablará de vida, de alegría, de esperanza. Hablará de un huracán. Hablará de nosotros.

Hablará de amor. Y tendrá un final feliz.

CAPÍTULO 19

Lance

El auditorio de "Magnolia High" está mucho más lleno de lo que esperábamos. Tanto que dudo que las sillas que hemos añadido sean suficientes.

Todo esto me está causando cierta tensión que intento controlar. No es momento de ceder, lo sé bien. Es momento de no rendirse, de luchar.

Mientras tanto, el bullicio de la gente reunida resuena en las tablas de madera y los paneles que recubren las paredes. El escenario, donde suelen presentarse obras escolares y funciones teatrales de fin de curso, está ahora ocupado por una larga mesa rectangular donde se han reunido los miembros de los distintos consejos.

La alcaldesa de Magnolia Crest, Reena Cowell, se encuentra en el centro, luciendo su impecable traje color crema y un broche con forma de magnolia, símbolo del pueblo que representa. Sonríe a quienes la rodean y asiente con su habitual expresión serena, pero su sonrisa permanece distante, altiva, casi artificial. Me doy cuenta de que, para ella, se trata principalmente de política. Probablemente, intenta asegurar la reelección, así que se pondrá del lado que le permita alcanzar sus objetivos. Así se ha posicionado desde el principio, respecto a mi llegada y al proyecto del mural, y dudo que suavice sus rígidas convicciones conservadoras.

—Oye...— Kendall se acerca, se sienta a mi lado, en la segunda fila, y pone su mano sobre el dorso de la mía. Separo ligeramente mis dedos para que se entrelacen con los suyos, aunque solo sea por un instante.

El mero contacto envía una descarga eléctrica a través de todo mi cuerpo. Sonrío y lo miro. Está mucho más elegante que de costumbre, con su camisa azul a juego con sus ojos y el pelo recogido con cuidado para que ningún mechón suelto le caiga sobre la cara, como siempre.

A pesar de su aparente confianza, noto que su mirada está tensa. Asiento y lo miro fijamente, con la esperanza de transmitirle mi cercanía, mi amor, de infundirle esa pizca de seguridad que, siendo sincero, a mí también me falta.

Detrás de nosotros, siento la presencia de Eloise y Sophie, que recorren las filas y siguen repartiendo volantes: una nueva versión que han creado en las últimas horas, con nuevos lemas que les resultan aún más atractivos y convincentes. Se les unen Martha, la madre de Sophie, a quien su hija convenció de apoyar nuestra causa, y varios profesores de "Magnolia High", que, con razón, detestan la idea de recortar los fondos escolares para niños necesitados.

Unas filas más atrás, Miguel está sentado con su esposa, Juana. Ambos me sonríen, y Miguel me levanta el pulgar y asiente con seguridad. Mirando a mi alrededor, también veo a Cole Young y Ben Reed, los dos compañeros de trabajo de Kendall, a algunos otros amigos y a Grady Harris, el dueño del "Railroad Star".

Thomas Cowell sigue a Sophie con la mirada, pero hoy parece un poco inquieto, probablemente por la presencia de su madre y porque se verá obligado a elegir un bando. Imagino que ya ha tomado su decisión, pero con Reena Cowell como madre y alcaldesa, me temo que no lo tendrá fácil. Elliott Cowell, el esposo de la alcaldesa, está ausente y, por lo que he oído, está constantemente ocupado con viajes de negocios.

Mientras tanto, también pasan rostros menos amigables: fieles devotos del reverendo Henderson que nos escrutan a Kendall y a mí como si fuéramos el mal supremo, algunos comerciantes aún indecisos de qué postura apoyar, padres de estudiantes que parecen intentar comprender hasta qué punto están dispuestos a dejarme "corromper" a sus hijos, arriesgándose a encontrarlos gay de un día para otro, como por ósmosis provocada por mi presencia a su alrededor.

Al fondo del auditorio, en la última fila, veo sentado al vice sheriff Daryl Carver. De pie, uniformado como siempre, mira hacia el escenario con el aire de alguien destinado a encontrarse pronto en el banquillo de los acusados. Tras ofrecernos su ayuda, dudo que haya intentado convencer a los demás. Sobre todo porque la situación en redes sociales y en Magnolia Crest se ha mantenido prácticamente igual. Pero, tratándose de Carver, el hecho de que no se oponga públicamente a nosotros y haya dejado de amenazarnos ya es un éxito.

Mientras tanto, los minutos pasan rápidamente y se acerca la hora de inicio de la reunión. Intento recuperar el aliento y respirar hondo varias veces, como si estuviera a punto de presentar un examen para el que no estoy seguro de estar preparado. De hecho, es más o menos así, sobre todo cuando veo a Wilfred Hicks, director ejecutivo de una gran empresa de infraestructuras y recién elegido presidente del consejo, acercarse con el paso acelerado de quien acaba de empezar.

—¡Aquí vamos!— Kendall me llama la atención y asiente. Sus ojos azules intentan infundirme calma y seguridad. —Pase lo que pase...

—¡Pase lo que pase, estamos juntos!—, termino la frase por él. La misma que nos hemos repetido varias veces en los últimos días, sobre todo en las últimas horas.

Sabemos que, a pesar de nuestro compromiso y del apoyo recibido, tenemos pocas posibilidades de hacernos oír en Magnolia Crest. Eloise, Sophie, Miguel y todos los que nos han apoyado también lo saben. Pero hemos luchado, seguimos luchando y seguiremos haciéndolo. Esto es lo más importante, algo de lo que debemos estar orgullosos. Sin duda, no nos rendiremos.

Wilfred Hicks toma asiento, intercambia unas palabras con la alcaldesa Cowell y otros reunidos alrededor de la mesa rectangular del escenario, luego lanza una mirada inquisitiva a la sala, pero sin fijarse en nadie en particular. Finalmente, coloca el micrófono frente a él, se pasa los dedos por su largo y rizado bigote y decide golpear el mazo en su base de madera para dar inicio a la primera sesión de la reunión.

—¡Orden, por favor! Comencemos la discusión sobre el proyecto de arte mural. Luego pasaremos al asunto más importante: la financiación de "Magnolia High". Por eso hemos decidido reunirnos aquí.

¡Claro! Tomó el asunto "desde lejos", por así decirlo. Pero la verdad es otra, como ya todos sabemos.

Mientras tanto, sin embargo, se me encoge el estómago. Tengo miedo. Sobre todo cuando, tras las palabras de introducción de Hicks, la alcaldesa Cowell toma la palabra. Los focos proyectan en su rostro una expresión altiva que casi sobrepasa lo natural, convirtiéndola en una máscara de desprecio y hostilidad.

—Bienvenidos todos, queridos conciudadanos de Magnolia Crest—. Su sonrisa, ahora más artificial que nunca, abarca toda la sala, mientras su mirada parece bailar de un punto a otro, sin descanso, como para comprender a todos y hacerlos sentir parte de algo que la lleva a la cima. —Como bien sabemos, nuestra comunidad tiene raíces largas y profundas, forjadas durante años, incluso siglos, de trabajo, compromiso y colaboración. El pueblo de Magnolia Crest, hoy como ayer, está firmemente arraigado en la tradición, y esto es algo de lo que siempre nos hemos sentido sumamente orgullosos. Dicho esto, un proyecto artístico que crea fracturas y divisiones...— De repente, suspira, abre ligeramente los ojos y niega con la cabeza como si dudara sobre las palabras elegidas y saboreara su veneno, su poder destructivo. Y finalmente repite la frase para darle aún más impacto a su discurso. ¡Es brillante en su juego de manipulación de masas, de eso no hay duda! —Un proyecto artístico que genera fracturas y divisiones, como el mural propuesto por el profesor Lance Sayer, ciertamente no une; más bien, podría desgarrar nuestro tejido social irreparablemente. Además, los acontecimientos recientes demuestran la incapacidad del profesor Sayer para garantizar la seguridad estudiantil.

¿A qué se refiere? ¿Al huracán? ¿Intentas culparme también por eso? ¿Por no cuidar a los niños como debía?

Sea como fuere, aprovechando la ola del reciente miedo popular, consigue obtener murmullos de aprobación que se filtran entre las filas y se elevan a nuestro alrededor.

—Por lo tanto, propongo la suspensión inmediata del proyecto y el inicio de una investigación disciplinaria sobre las acciones del profesor Sayer.

Siento que el corazón se me encoge, como un tornillo de banco. Cierro los ojos con fuerza; ya no quiero mirar a esa mujer, ni siquiera mirar a mi alrededor para ver cómo reaccionan los demás. Es demasiado. Esto es realmente demasiado, incluso para mí.

Kendall, en cambio, indiferente a todo y a todos, pone su mano sobre la mía y esta vez la acaricia y la sostiene, sin apartarla nunca más.

Otros comentarios, otras voces, otros concejales expresando sus opiniones al respecto, quizás no tan desdeñosas como las de la alcaldesa Cowell, pero más o menos en línea con su pensamiento. Finalmente, pasando el micrófono de mano en mano, le toca a Philippa Shaw, contable y en esta ocasión portavoz de la congregación de la iglesia, quien concluye la serie de intervenciones del consejo antes de dar la palabra al público.

—En este punto, de común acuerdo con los concejales a quienes represento, se suspenderá temporalmente toda la financiación a la escuela. Se trata de una cuestión moral, y no podemos sacrificar la moralidad. Nuestro pueblo, al igual que nuestra escuela, debe comprometerse a preservar la moralidad.

Sigue hablando y repitiendo las palabras "moral" y "moralidad" como si se hubieran convertido en su mantra personal. Pero ya ni siquiera lo escucho. Cada palabra que dice va en mi contra, en contra de mi proyecto, en contra de mis sueños, en contra de mis esperanzas. Como si su persecución hacia mí fuera un asunto personal. Me quieren lejos, fuera de sus vidas. Esta vez, para siempre. De hecho, es un asunto personal.

Bajo la mirada. Tengo muchas ganas de irme ya, levantarme de aquí, cruzar la entrada, desaparecer y no volver jamás.

—Cariño...— Me sobresalto al oír su voz. Kendall me susurra al oído, consciente de que todos nos miran. —Estamos juntos, no lo olvides. Es lo más importante. A ti te pasa lo mismo, ¿verdad?

Trago saliva, intentando mantener el control, me vuelvo hacia él y asiento.

—Por supuesto. Para mí siempre será así.

El discurso de Philippa Shaw termina con aplausos. No es nada espectacular, pero, aun así, me duele.

Wilfred Hicks vuelve a tomar el micrófono para dar la palabra al público. La primera en levantarse es Eloise. Se echa el pelo sobre un hombro y entrecierra los ojos, como si se preparara para interpretar su papel en una comedia de errores. No sé qué va a decir, pero espero casi cualquier cosa de ella.

—Estoy de acuerdo con la señora Shaw y con todos los que dicen que esto es una cuestión moral—. ¡No importa! Sin embargo, no esperaba esto. —¿Pero qué sería de la moralidad sin empatía? Porque la verdad, en mi opinión, es precisamente esta: la moralidad sin empatía es solo vanidad. Y a un paso de la vanidad, nos encontramos ante la intolerancia, con el riesgo de caer en un fanatismo desmesurado.

No sé exactamente adónde quiere llegar con esto, pero una cosa es segura: está funcionando, el público está escuchando. Eloise es sin duda una maestra de la palabra; los está hechizando, los está confundiendo. Atrae a la gente, por un lado, y luego la empuja por otro. Así que continúa, impávida. Miro hacia la sala del consejo y noto la mirada ceñuda de la alcaldesa Cowell. ¡En Eloise, ha encontrado una verdadera rival!

—Los lectores más jóvenes que frecuentan mi librería, "Magnolia Chapters", los niños y estudiantes de este pueblo merecen ser protegidos de esta vanidad disfrazada de moralidad. De esta hipocresía disfrazada de tradición. Al preservar los proyectos artísticos, al preservar la financiación escolar, finalmente se sentirán vistos, escuchados, más allá de cualquier barrera. Pero lo más importante, podrán elegir quiénes son y quiénes quieren ser, con total libertad, sin imposiciones. Ya no sentirán la necesidad de escapar, de abandonar un mundo y un lugar que no reconocen como propios.

Se oyen algunas quejas, pero los aplausos las ahogan por completo. ¡Bien hecho, Eloise! Si persistiera, podría quitarle el puesto a Cowell.

Siguieron más intervenciones, tanto a favor como en contra, y las opiniones parecieron bastante equilibradas.

Miguel relata cómo su "Hawthorne Diner" enmarcó los bocetos de Magnolia Crest de los chicos, aumentando el número de clientes que pasaban y convirtiendo el pueblo en un lugar pintoresco y encantador que atrae a una afluencia cada vez mayor de turistas. Un beneficio económico para todos.

—El arte forma parte de nuestras vidas, en cualquier contexto. La idea del mural impulsará nuestro crecimiento —concluye con una sonrisa amable.

—¡Pero corre el riesgo de causar confusión sexual entre nuestros hijos! —Interviene una mujer de cabello rubio platino con tono cortante e implacable. —¡Y no podemos permitir que eso suceda! ¡Sería el fin!

En ese momento, Sophie salta, casi como un resorte.

—Yo no me siento confundida. Nunca me he sentido confundida. Me he sentido sola, la mayoría de las veces, ignorada, como si mi opinión no contara nada en este pueblo. Me he sentido traicionada; así es exactamente como me siento ahora mismo, dado que han decidido recortar la financiación escolar, destruyendo nuestro futuro, nuestras esperanzas. Y son ustedes, los adultos, quienes me hacen sentir así. Estoy convencida de que no solo me afecta a mí... Nos imponéis vuestras decisiones, nos obligáis a obedecer lo que consideráis correcto o incorrecto para nosotros, sin molestaros nunca en escucharnos, sin hacer el esfuerzo de comprendernos.

Muchos estudiantes aplauden, y algunos se ponen de pie, siguiendo el ejemplo de Sophie. Incluso algunos padres lo hacen, como Martha y Rob, los padres de la talentosa niña. En cierto momento, Kendall me agarra la mano con más fuerza, como si intentara llamar mi atención sobre algo, sobre alguien. Detrás de mí, veo a Thomas Cowell ponerse de pie.

—Yo también me siento así, como dijo Sophie. Pero lo peor para mí...— Mira directamente a su madre, la alcaldesa, como si le hablara directamente a ella. Quizás sea así. —Lo peor es que me he sentido invisible toda la vida. Hasta que decidí participar en el proyecto del profesor Sayer, y gracias a él y a mis compañeros, por fin me sentí parte de algo hermoso, algo importante. Algo que no me dejó para nada "confundido", como dices, sino feliz.

Ante el estruendoso aplauso que estalló espontáneamente ante las palabras de su hijo, veo cómo los ojos de Reena Cowell se abren de par en par con incredulidad y luego ella se ruboriza. Lo cierto es que, ante el breve discurso de Thomas, permanece en silencio y no responde. Quizás aún esté reflexionando sobre cómo inclinar el debate a su favor, o quizás, por primera vez, se quedó sin palabras.

Me gustaría evitarlo, pero ahora la atención de todos se centra inevitablemente cada vez más en mí, dado que me han puesto en tela de juicio varias veces.

Me muerdo el labio, me levanto y me aclaro la garganta, mirando a mi alrededor. Luego me hago a un lado, mirando hacia el auditorio.

—Soy Lance Sayer. Yo...— Todas las miradas están puestas en mí. Siento unas ganas enormes de correr hacia la puerta y huir. De hecho, si hubiera seguido mi instinto, ya estaría fuera de aquí. Mi mirada se cruza con la de Eloise, quien asiente con seguridad, animándome a continuar. —Viví aquí en Magnolia Crest hasta que cumplí diecinueve años. Luego me fui. Quizás algunos me reconozcan, recuerden quién y cómo era antes. Mis padres murieron cuando era niño, mi padre en un accidente y mi madre de una enfermedad incurable, unos años después. Tengo pocos recuerdos de ellos; me confiaron el cuidado de mi tía Jane cuando tenía seis años. Mi tía hizo lo que pudo, y yo también hice lo que pude por encajar. Pero... yo era el chico que dibujaba para evitar enfrentarse a la realidad, para superar la pérdida de sus padres, que se aislaba para no sentirse demasiado diferente de los demás. El chico que no hizo nada para entrar al equipo de fútbol, que ni siquiera lo intentó aunque le hubiera gustado, para no ser ridiculizado por sus compañeros, para no sentirse oprimido, aplastado aún más que... —Suspiro, me encojo de hombros, niego con la cabeza. —Pero todo eso es cosa del pasado. Es parte de mi historia, aunque la que escribo ahora sea diferente. Y regresé aquí mismo, a Magnolia Crest, para poder reescribirla y asegurarme de que otras personas no tengan que vivir y experimentar lo que yo viví y experimenté. ¿Se preguntan si ese fue mi desafío? Sí, lo fue. Y, al parecer, lo sigue siendo. Sé lo que significa no pertenecer a ningún grupo, no ser aceptado por quien soy. Sentirme solo frente al resto del mundo que me consideraba equivocado, corrupto, enfermo por una decisión que nunca fue realmente mi culpa.

Silencio. Silencio absoluto, incluso de quienes deberían apoyarme. Incluyendo a Kendall, quien, con la mirada baja, se muerde el labio con furia y se pasa el índice y el pulgar por los ojos.

143

—El huracán que nos azotó realmente podría habernos arrebatado todo—. No sé por qué cambié al huracán; no era mi intención. Basándome en el esquema mental que había preparado, debería haber delineado mejor mi proyecto y luego haber recopilado opiniones favorables sobre mi propuesta. Sin mencionar a mí mismo. O incluso al huracán. Pero ya no importa; sigo adelante. —Amenazó no solo nuestras posesiones materiales, sino también nuestras propias vidas. Pero, al mismo tiempo, nos mostró quiénes somos realmente cuando los muros se derrumban, cuando nuestras máscaras ya no son suficientes para sostener a la persona que se esconde tras ellas. En el gimnasio, vi gente tomándose de la mano, levantando a los caídos, consolando a los que tenían miedo. Vi a estudiantes pintando flechas fluorescentes para guiar a los que se quedaron en la oscuridad, repartiendo comida y bebida. Este es precisamente el espíritu que quiero lograr con el proyecto del mural, independientemente de quién soy ahora, quién he sido o mis decisiones—. Escucho algunos murmullos a mi alrededor. A pesar de todo, decido continuar y terminar. —Si decidiréis suspenderme como profesor o expulsarme de Magnolia Crest, no me opondré y aceptaré vuestra decisión. Pero no rechacen el mural solo porque lo relacionen conmigo; dejen que alguien más lo termine. Incluso estoy dispuesto a renunciar a mi idea, con tal de que se haga realidad. El arte no crea divisiones, eso es seguro; revela conexiones que ya existen y las resalta con su color y su energía.

Más silencio, suspiros, miradas perdidas, algunas incluso dolidas. Quizás, al sugerirle que confiara mi proyecto a alguien más, solo les di un pretexto para que me echaran, pero a estas alturas, es mejor así. Cierro los ojos un momento; Kendall no me lo perdonará. Debería haberlos convencido, no haberlos empujado a que me echaran. Quizás lo pierda para siempre. Pero seguí mi instinto, lo que me dictaba mi conciencia. El arte debe continuar, incluso sin mí. Todo lo que he hecho, lo he hecho por el arte y por quienes se beneficiarán de él como cura, como alivio para el alma. El arte es eterno, yo no.

—Gracias, profesor Sayer—. La voz de Wilfred Hicks me devuelve a la realidad. —Bueno, según tengo entendido, hemos concluido con los discursos, tanto a favor como en contra...

—¡No!— La voz que de repente se alza detrás de mí me confunde. No la reconozco, solo sé que viene del fondo de la sala. Solo cuando su dueño se pone de pie, la identifico.

¿Daryl Carver? ¿Qué va a decir Daryl Carver? ¿Me dará el golpe final? ¡Probablemente! Se aferrará a mi discurso, a que prometí irme y aceptar la decisión del consejo sin objeciones. Al fin y al cabo, esa era su intención desde el principio.

—Mierda...— La reacción grave de Kendall confirma mis temores.

Mientras tanto, Daryl da un paso al frente y se quita el sombrero. El sonido de sus botas resuena en el silencio absoluto, como si todo el público contuviera la respiración.

El hombre que ahora se ha convertido en el agente Carver respira hondo; sus anchos hombros de futbolista, antes amenazantes, ahora parecen temblar, como si sus intenciones flaquearan. Pero sin duda será solo mi impresión.

De repente se detiene, se da la vuelta, aprieta los puños.

—Soy Daryl Carver, todos me conocen aquí. He vivido en Magnolia Crest toda mi vida. Soy su vice sheriff, y ahora soy el jefe de policía de este pueblo hasta que regrese nuestro sheriff Madison. Pero hace varios años, fui capitán del equipo de fútbol americano de "Magnolia High". En esa época, jamás habría permitido que Lance Sayer se uniera al equipo, porque lo habría aplastado, destrozado, golpeado hasta la muerte. El profesor Sayer era demasiado optimista al respecto. No se habría salido con la suya conmigo y con la pandilla que desaté contra él, día tras día. Parte de esa pandilla sigue aquí, ¿verdad? Si se identifican con lo que digo... sí, hablo de ustedes. Era un abusador y me encantaba; me enorgullecía que mis amigos y compañeros siempre obedecieran mis órdenes, sin cuestionar si estaba bien o mal. Quizás me tenían miedo, quizás en el fondo también disfrutaban persiguiendo a Lance Sayer, destruyendo y pisoteando sus dibujos.

Tras el silencio, un creciente murmullo de voces fluye ahora entre las filas. La alcaldesa Cowell abre los ojos de par en par. Esta revelación de Carver parece impactarla aún más que las palabras que su hijo Thomas había pronunciado momentos antes. De hecho, no puedo culparla. Para mí también es una sorpresa; nunca había oído a Daryl Carver hablar así, expresarse así.

—Le hice más daño a Lance Sayer del que jamás querrá recordar. No voy a restarle importancia diciendo que solo era un niño. Lo hice sabiendo perfectamente el daño que le haría—. Las palabras de Daryl no se apaciguan. Ha conseguido llamar la atención de todos, eso seguro. —Lo hice porque... porque tenía miedo. Un miedo enorme, descontrolado y jodido, de que alguien pudiera ver en mí lo mismo que yo y los demás veíamos en él: diferencia.

¡Vale, ahora sí que estoy sorprendido! ¡La alcaldesa Cowell no es nada parecida! ¡Estoy de verdad en shock! ¡Y al parecer no soy el único!

—Sí, me oíste bien—. El tono de Daryl se suaviza, pero no se calma. —Quizás este no sea el lugar ni el momento para decir algo que he ocultado durante casi treinta años tras una fachada, pero... como dijo Lance, el huracán nos mostró quiénes somos realmente cuando los muros se derrumban, cuando las máscaras... las máscaras se vuelven inútiles. Porque quiénes somos realmente grita en nuestro interior, y yo... — Traga saliva, baja la mirada y se pasa una mano por el pelo oscuro. —Lo siento. Ya no importará mucho, pero lo siento. La cuestión es que... si el trabajo de Lance Sayer está en duda, el mío también lo estará... Así que, por coherencia, deberías despedirme también. Y a tanta otra aparentemente "buena gente" que se preocupa por mantener la fachada intacta, pero luego se va a desahogar su mierda en otro sitio o a escondidas en sus respetables y tradicionales familias. Y eso es una mierda mucho más grave que una orientación sexual o tener una relación con el hijo del reverendo. Lo sé, muchas veces me he visto obligado a encubrirlos y a fingir que no pasaba nada, y vosotros también lo sabéis, ¿verdad?

Bueno... ¡Decir que estoy sorprendido es quedarse corto!

Busco a Kendall con la mirada, y creo que su expresión refleja perfectamente la mía. Pero entonces arruga la nariz, frunce los labios, me toma la mano y sonríe.

Mientras tanto, la sala estalla en un estruendo confuso, con aplausos, silbidos y murmullos cada vez más fuertes. Tengo la clara impresión de que la alcaldesa Cowell, quizás por primera vez, ha perdido el control de la situación y no sabe qué hacer. Es como si se sintiera directamente implicada. Anota algunas cosas en su diario, o quizás solo finge hacerlo, para ganar tiempo.

Cuando Hicks anuncia la suspensión temporal de la reunión y también de la votación, hasta nueva consulta, me siento agotado, abrumado por los acontecimientos.

—Creo que lo único sensato es aprovechar el momento...— No entiendo a qué se refiere Kendall. Mi expresión debe ser bastante explícita porque decide continuar. —Mostremos el mural ahora. El trabajo que hemos hecho.

—¿Qué? Kendall, está incompleto. ¡No se puede hacer!

Mientras conversamos, Eloise, Sophie y Thomas se acercan a nosotros.

—¿Por qué no?— Eloise se cruza de brazos. —¡Me parece una idea genial!

—Porque... bueno, no está terminado. ¡No está listo!

—¡Si no nos dejan terminarlo, nunca estará terminado! ¡Ahora o quizás nunca!— Cuando Kendall se empecina, poco puede hacer.

—Al menos tendremos algo que mostrar. Si instalamos los primeros paneles en el puente esta noche, el pueblo de Magnolia

Crest podrá despertar mañana y ver con sus propios ojos lo que pretenden destruir, el proyecto que votarán por demoler.

Eloise, Sophie y Thomas asienten con convicción. Se les unen otros simpatizantes, incluyendo al director Greene. Sigo dudando, sobre todo confundido, pero reconozco que intentarlo siempre es mejor que esperar, sabiendo que nuestro tiempo está contado.

—Si necesitas ayuda con la logística... puedo ayudar con las barreras—. Las palabras de Daryl me dejan atónito una vez más. Todavía no me he recuperado del todo de su reciente intervención. —O con cualquier otro trabajo manual en el que pueda ser útil.

Aceptamos la ayuda. Aunque aún incrédulos, nadie comenta la revelación anterior de Carver, como si fuera de mutuo acuerdo. Él mismo no vuelve a abordar el tema, al menos por ahora.

Me doy cuenta de que la alcaldesa Cowell, fingiendo estar absorta en una conversación con los demás miembros del consejo, nos está mirando de reojo. Probablemente, intuye que tramamos algo, pero evita intervenir. El director Greene teme que pueda obstruirnos o negarnos el permiso, pero Eloise planea evitar el problema involucrando a su librería en la organización del evento.

No sé si funcionará. De hecho, tengo serias dudas al respecto, dado que lo que tenemos ahora mismo es solo un boceto de lo que será el proyecto terminado. Pero Kendall tiene razón: si nos impiden completarlo, corre el riesgo de quedar inacabado y nadie lo verá jamás.

Lo miro y sonrío. Asiente, levanta la mano y me acaricia la mejilla con los dedos. Sin miedo a que nadie lo vea, sin vergüenza.

No me importa. Ya no me importa. Pongo mi mano sobre la suya y la presiono contra mi cara.

—Lo que dijiste... —suspira, entrecerrando los ojos por un momento.

Lo miro confundido, me encojo de hombros, animándolo a continuar.

—Sobre el huracán...— Se acerca a mí, con la mirada fija en mí.
—De alguna manera, lo cambió todo.

—Lo sé—. Lo sé, porque a mí me pasó lo mismo. Tenía una idea clara y definida de mi vida aquí en Magnolia Crest e incluso lejos, cuando me fui y vagué por ahí buscándome a mí mismo. Aquel yo que nunca pude encontrar del todo. Fue en ese momento en que me di cuenta de que ya no podía renunciar al amor de Kendall. —Me despertó el corazón. Aunque creo que fuiste tú, no solo el huracán.

Kendall toma mi mano y la coloca en el lado izquierdo de su pecho.

—Y mientras tanto, me robaste el mío... de una vez por todas. Para siempre.

CAPÍTULO 20

Kendall

La tarde cae ligera y fresca sobre Magnolia Crest. Cuando nos encontramos en el Magnolia Bridge ya se pueden ver las primeras estrellas.

Una serie de bombillas cuelga a lo largo de la valla del puente, aún algo dañada por la furia del huracán. Las reparaciones temporales han servido de poco. Con la ayuda de Cole, Ben y Daryl, planto algunos postes de soporte para que aguanten, al menos el tiempo necesario, antes de encontrar una solución más efectiva para el proyecto final. Coordinados por Lance, Sophie y los demás estudiantes, con un pequeño proyector, reproducen versiones digitales de los paneles que estamos preparando, de modo que los colores danzan sobre el agua del río, meciéndose evocativamente.

Todo parece ir sobre ruedas y trabajamos con rapidez, pero con la máxima atención al detalle. Estoy realmente orgulloso de lo que hemos logrado, a pesar de los desafíos que hemos encontrado.

Mientras tanto, intento vigilar a Lance. Sé que la reunión en el auditorio de la escuela fue muy difícil para él. Sé que confrontar el pasado, pero también el presente, con gente tan reticente a compartir y escuchar, ha sido devastador. Para mí también lo fue, porque me siento responsable de la situación en la que metí a Lance. No se trata solo de ser gay y tener una relación con un hombre. El verdadero problema es que ese hombre soy yo, el hijo del reverendo Henderson.

La intervención de Daryl me impactó. Nunca imaginé que cuando él se ofreció a ayudarnos lo dijera en esa forma. Pero quizá no era eso lo que tenía en mente; su confesión no fue planeada. Lo cierto es que realmente impactó a todos, y cuando habló de la mierda tras la fachada, nadie se atrevió a discutir ni a negar sus palabras, ni siquiera la alcaldesa Cowell. Quizás se sintió implicada, considerando las constantes infidelidades de su esposo, que todos conocían desde hacía tiempo.

Mientras el trabajo continúa a buen ritmo a pesar de la ligera lluvia que ha comenzado a caer, noto una multitud reunida a nuestro alrededor, observándonos ensamblar la parte del mural que ya se ha completado y lo que esperamos sea la obra terminada, involucrando a todo el pueblo.

—Cowell también está aquí... —señala Ben, mirando a la alcaldesa que ha aparecido en el extremo norte del puente, el que lo conecta directamente con el pueblo, junto con algunos concejales que están posicionados a su alrededor como guardaespaldas.

—¡Sí!— suspiro resignado.

—Sigamos adelante, ¿vale? —Ben me mira con los ojos entrecerrados, pero parece bastante seguro. —No cambia nada para nosotros.

—¡Por supuesto que sigamos adelante! No nos dejaremos intimidar.

Ben sonríe y asiente ante mi confirmación. Pero yo, mientras tanto, no puedo evitar sentirme molesto por la presencia de la alcaldesa Cowell. ¿Qué pretende hacer? ¿Detenernos? ¿Obligarnos a parar? ¿Amenazar con represalias? Sí, probablemente.

En cualquier caso, a los demás tampoco parece importarles. Todos siguen impávidos a pesar de la lluvia, ahora más insistente, y, a pesar de haber notado su llegada, fingen ignorar su presencia.

—No es solo Cowell—. Daryl se acerca a mí con una mirada sombría, captando mi atención y obligándome a girar hacia el otro lado del puente, una zona ahora más oscura.

No se acercó tanto como la alcaldesa y los demás, pero incluso desde lejos, el reverendo Henderson, mi padre, se ve claramente junto a su furgón. Nos observa inmóvil; no puedo descifrar su mirada, aunque puedo imaginarla. Y me duele, ahora más que nunca.

Me duele saber que todo lo que está pasando es por mi culpa. Que puse a su comunidad de creyentes en contra de Lance, implicando así a la alcaldesa y a las figuras más influyentes de Magnolia Crest, porque estoy enamorado de él, porque quiero ser feliz con él.

No me importa. No voy a detenerme. Aquí nadie se detendrá; su presencia no influirá en nuestras decisiones, no condicionará nuestras vidas.

—Sigamos adelante—. Aparto la mirada de mi padre e intento comunicarme con Daryl, Ben y Cole con franqueza y decisión. Entonces me doy cuenta de que no puedo imponerles mi decisión, no puedo obligarlos a arriesgar sus vidas en este pueblo por mí. — Si prefieren rendir, son libre... De hecho, yo sería el primero en entenderlo.

Responden reanudando su trabajo con aún más fervor. Les agradezco sin reservas y sigo su ejemplo, esforzándome por apartar de mi mente la mirada hostil de mi padre.

Al acercarme al centro del puente para comprobar el progreso de las obras, noto que el río Hawthorne, debajo de mí, sigue fluyendo, crecido por los escombros que empiezan a estrellarse contra los pilares. Las incesantes lluvias de los últimos días no han ayudado en nada a la estabilidad del Magnolia Bridge. Conozco bien el río y el puente, y siento la vibración en las plantas de los pies. Tengo bastante fe en nuestro viejo Hawthorne, pero más vale prevenir que lamentar y no tentar a la suerte.

Levanto la cabeza, lo busco y lo alcanzo.

—¡Lance, tenemos que irnos! —Lo miro hacia el río. —Puede que esté de mal humor estos días.

—Sí, yo también lo noté—. Asiente, siguiendo mi mirada. —Ya casi llegamos, despejemos el puente. Yo terminaré los últimos detalles y me encargaré de cambiar las diapositivas.

—No, tú vas con los chicos. Explícales a la gente reunida lo que hemos creado, las historias detrás del trabajo de tu grupo, básicamente todo... nadie podría hacerlo mejor que tú. Yo me encargaré de instalarlo y cambiar las diapositivas. —Sonrío, acariciándole la cara con ternura. —Te escucharán, Lance. Esta vez, lo entenderán. Yo...

Lo escucharán, lo comprenderán y verán en él lo que yo siempre he visto. Un chico valiente, una persona leal que nunca se rinde ante la adversidad. Un hombre que lucha por sí mismo, pero también para asegurar que otros puedan albergar una esperanza, abrazar un sueño. Y esto, y mucho más, es lo que amo en él.

—Yo también, Kendall—. Asiente, devolviéndome la caricia. —¡Ahora, manos a la obra!

Lo veo regresar apresuradamente con los chicos, reunirlos, hablar con ellos, convencerlos de que abandonen la sección central del puente. Luego los sigue para dirigirse a la gente reunida en el extremo norte.

Voy a buscar más refuerzos para apoyar este lado del puente. Cole, Ben y Daryl me acompañan, pero por ahora no hay nada más que hacer.

—¡Listo! Vayan también, mientras programo los cambios de diapositivas. Enseguida voy.

Parecen un poco reacios a obedecerme, pero luego se ponen en marcha para unirse a los demás.

—Tienes cuidado, jefe. —Cole se gira hacia mí, pero levanto la mano y asiento para tranquilizarlo.

—Bueno... —suspiro para mis adentros, levantándome para estirar los hombros y girándome directamente hacia el Magnolia Bridge. —Ahora, volvamos a nosotros, viejo amigo.

Me acerco al proyector y me preparo para cambiar las diapositivas. Perfecto, todo marcha a la perfección. A lo lejos, veo gente observando atentamente lo que hemos creado, siguiendo las imágenes y, al mismo tiempo, volteándose hacia Lance para escuchar sus explicaciones sobre cómo será realmente el mural. Creo oír algunos aplausos, mezclados con murmullos y comentarios de asombro.

¡Lo estamos logrando! ¡A pesar de todo, lo lograremos! Mientras tanto, sigue lloviendo, pero con menos intensidad. Casi parece como si el puente, el río y la naturaleza circundante respiraran con nosotros.

Me confirmo plenamente cuando escucho un aplauso atronador. Es justo lo que esperaba; ¡estaba seguro de que Lance podría hacerlo! Bueno, intentaré que estas diapositivas se extiendan hasta el final y luego ofreceré más; ¡aún queda mucho por ver!

Estoy feliz, verdaderamente feliz por él y por mí, por todos nosotros. Pero justo cuando la multitud sigue aplaudiendo y el ambiente parece relajarse, siento un susurro bajo mis pies. No importa, conozco bien el Magnolia Bridge, sé que no me traicionará. A menudo se queja, pero no cede.

—¡Resiste, viejo amigo! Tú puedes.

Espero a que termine y pongo otra presentación en el proyector. Otro crujido, esta vez más agudo, como si algo fuera a romperse en cualquier momento. Mientras tanto, las luces parpadean y los colores reflejados en el agua empiezan a temblar cada vez más visiblemente.

Esta vez no es solo una sensación, es un ruido que amenaza con convertirse pronto en un choque en toda regla.

—¡Mierda!

Miro a mi alrededor; por donde viene, sospecho que es una de las vigas de carga, quizá debilitada primero por la inundación y luego por las constantes lluvias. Antes de darme cuenta, la siento ceder bajo mis pies, al menos un par de centímetros.

Una ola de pánico me recorre el cuerpo mientras el lugar en el que estoy parado se inclina y me encuentro en el suelo, con una viga suelta deslizándose repentinamente debajo de mí.

—¡Kendall!

Es la voz de Lance, gritando mi nombre. Levanto la vista y lo veo corriendo, cubriendo la distancia que nos separa, sin importarle ningún riesgo, sin preocuparse por resbalarse o caer conmigo.

Cuando casi me alcanza, se ve obligado a reducir la velocidad, temiendo mover aún más las vigas bajo nosotros o incluso romperlas. Se muerde el labio y mira a su alrededor, sin saber qué hacer, luego extiende su brazo hacia mí.

Sé que debería intentar levantarme. Pero si extiendo la mano para agarrarlo, corro el riesgo de arrastrarlo conmigo. O peor aún, si las tablas se rompen, ambos podríamos caer al río y ser arrastrados por la corriente.

—¡Intenta moverte! ¡Toma mi mano! —Me da una orden clara, pero no puedo seguirla; es demasiado peligroso.

—¡Aléjate, Lance! Podrías caerte también.

—¡No!

Niega con la cabeza, sin decir nada más. Su mirada permanece fija en mí. Ignora el puente, las vigas sueltas, el río que corre impetuoso bajo nosotros, e incluso los gritos cada vez más intensos de quienes ahora se han percatado de la situación.

Los ojos verdes de Lance Sayer son mi única esperanza, mi única salvación. El único puerto seguro en el que siempre he soñado con aterrizar. Y él está aquí para mí, y no se moverá, no se irá. Aunque eso signifique derrumbarse, caer de este maldito puente conmigo. El puente que nos dividió cuando se fue, y el mismo que nos unió cuando decidió regresar.

Me pierdo mirándolo, como si tuviera que recopilar en mi mente y en mi corazón todos los detalles de él, de mi único y verdadero amor, para recordarlos por siempre.

—Aquí siempre estarás seguro—. Sonríe levemente, ladeando la cara. —¿Recuerdas? A mí me pasa lo mismo.

Lo recuerdo, claro. ¡Sí que lo recuerdo!

—Me temo que tendré que...— Respiro suavemente. Las vigas podrían enojarse y decidir ceder, incluso si suspiro demasiado. —...replantearme mi definición de "seguridad" en este pueblo.

—No se trata de este pueblo, Kendall. Se trata de ti. Yo estoy seguro contigo.

—Lance…

—Así me has hecho sentir, cada instante desde que regresé—. Da un paso hacia mí, extendiendo aún más el brazo para alcanzarme. —Y ahora desearía... desearía que sintieras lo mismo por mí.

Aunque Lance me declaró abiertamente su amor, ninguna otra palabra, ningún otro gesto, me hizo sentir lo que siento por él ahora.

Me doy por vencido y me acerco a él. Mientras tanto, siento que la tabla que aún me sostiene en el puente se debilita cada vez más, amenazando con romperse bajo mi peso. Con un rápido aumento de velocidad y un movimiento lateral, Lance logra acercarse lo suficiente para agarrarme la mano y jalarme hacia él con todas sus fuerzas.

Ambos caemos hacia atrás, justo cuando la viga cede por completo. Nos quedamos paralizados un instante, luego nos levantamos y corremos hacia el borde del puente.

Lance se detiene para recuperar el aliento, frotándose el hombro derecho, todavía dolorido, con una mueca.

—¡Estás loco!— Estoy sin aliento, a punto de desplomarme, pero intento aguantar.

—Podría estar de acuerdo, pero honestamente esperaba un mejor agradecimiento.

Niego levemente con la cabeza, lo abrazo y apoyo mi frente contra la suya. Luego lo beso en los labios y le acaricio la cara.

Los primeros en correr hacia nosotros son Cole y Daryl, seguidos por Ben y Miguel.

—¿Están bien, chicos?— Miguel nos mira preocupado y luego me mira a mí. —¿Kendall?

—Sí, estoy bien.

Los demás también llegan, junto con Eloise y el director Greene.

—¡Qué miedo! ¡Imprudentes, realmente queréis provocarme un infarto!—Eloise parece sorprendida, incluso más que nosotros, que casi caemos al río. —¡Seguro que me han salido al menos veinte o treinta canas más!

—¡Pero tú no tienes canas, Eloise! —Cole la mira y le guiña un ojo con valentía.

—¡Deja de coquetear, niño! —Suspira y se lleva las manos a la frente. —Me siento demasiado débil para responderte y ponerte en el lugar que mereces.

Nos echamos a reír a carcajadas. Mientras tanto, inesperadamente, Reena Cowell también se unió a nosotros, quizás solo para comprobar si estábamos bien. O para regañarnos por nuestra imprudencia y el riesgo que habíamos corrido e hicimos correr también a su hijo.

En cambio, permanece inmóvil, con los ojos bien abiertos, mirándonos fijamente. Luego aparta la mirada, frunciendo el ceño.

—Tenemos que reforzar el puente...— murmura, pero parece más para sí misma que para nadie más. —Lo haremos de inmediato, me encargaré mañana, porque... esto que has creado...— Vuelve su atención a nosotros, especialmente a Lance. —Es asombroso. Tiene que quedarse, es parte de nuestra historia. Es parte de nosotros.

¿De verdad es ella quien habla? ¿Reena Cowell? La miro con incredulidad. Y no soy el único.

Otras personas se acercan, aunque manteniendo una distancia prudente. Su mirada se desplaza de nosotros al puente, para luego posarse en los paneles incompletos y las imágenes reflejadas que oscilan, creando un juego continuo de luz y color.

No sé si Reena Cowell realmente quiso decir lo que dijo o simplemente se dejó llevar por el momento. Lo cierto es que, pase lo que pase, lo que creamos impactó a la gente; no pasó desapercibido. Así que, desde esa perspectiva, cumplimos nuestro objetivo. De hecho, diría que mis expectativas se superaron con creces.

En el puente que aún cruje, con el río rugiendo bajo nosotros, oigo el rugido del agua fundiéndose con nuestras palabras, nuestras sonrisas y el éxito que acabamos de alcanzar. Y siento que redescubro una nueva paz, aquí mismo en Magnolia Crest, la serenidad de finalmente ser aceptado y comprendido.

***

A la mañana siguiente, el tiempo vuelve a mejorar y estoy seguro de que las palabras de Reena Cowell no fueron solo palabras dictadas por la tensión o una sugerencia momentánea.

Es cierto, el puente es parte de nosotros, parte de nuestra historia. Y también lo son las obras creadas por los niños bajo la guía de Lance.

La alcaldesa ha solicitado una intervención técnica inmediata, pero todos estamos trabajando duro, contribuyendo y garantizando que el Magnolia Bridge sea seguro.

Finalmente, unos faroles blancos, tallados en forma de magnolias, cuelgan a lo largo de las líneas marcadas para iluminar agradablemente el sendero al anochecer. Mientras tanto, el río Hawthorne fluye finalmente lento y apacible, iluminado por reflejos luminosos.

Además de los estudiantes y nuestros antiguos y nuevos colaboradores, se unieron a nosotros varios voluntarios, que inicialmente vinieron solo para ver nuestro trabajo en persona, después de que Sophie publicara imágenes y videos en las redes sociales.

Lance me mira, me sonríe y ninguna de nuestras miradas parece ser objeto de desaprobación, de protesta. Nuestro amor ahora es evidente para todos, y no tengo intención de ocultarlo ni reprimirlo.

Ni siquiera cuando, inesperadamente, me encuentro frente a la última persona que esperaba encontrar aquí, en el puente que marcó una despedida, un regreso y, finalmente, un renacimiento. Mi padre, el reverendo Irvin Henderson.

—¿Podemos hablar?— Se gira hacia mí, o eso creo, porque mientras tanto también desvía su mirada hacia Lance, que está a unos pasos de distancia.

—Está bien.

Lance y yo intercambiamos una mirada, luego él asiente y se mueve, decidido a alejarse.

—No, quédate. Me gustaría que me escucharas también.

Ante las palabras de mi padre, la perplejidad nos invade el rostro, pero no podemos evitar estar de acuerdo. Sin embargo... sin embargo, no permitiré que ofenda a Lance, lo intimide ni lo amenace con castigos, humanos o divinos.

—Si estás aquí para intimidarnos o para informarnos que destruirás todo lo que estamos construyendo...

—No, no estoy aquí por eso—. Mi padre suspira y cierra los ojos. Los abre de nuevo, pero permanece en silencio, como si esperara.

El huracán en mi pecho parece estar amainando, pero sigo sin convencerme. Lance me mira, animándome a callarme y a darle tiempo a mi padre, pero no puedo. No quiero darle demasiado espacio; lo conozco bien y sé que lo usaría en nuestra contra. He experimentado sus métodos demasiadas veces.

—¿Entonces quieres detenernos? ¿Recordarnos que usarás tu influencia para desfinanciar la escuela?—, lo bombardeo a preguntas, sin poder contenerme. No puedo confiar en él; sé que podría tenernos preparadas más sorpresas desagradables. —¿O, mientras tanto, has preparado algo aún más efectivo para perjudicarnos?

—Estuve aquí anoche, al otro lado del Magnolia Bridge—. No responde a mis preguntas. No entiendo qué está intentando decir, pero en este punto decido dejarlo hablar. —Me informaron inmediatamente del resultado de la reunión. Vine aquí para ver si tu pecado te arrastraría hacia abajo.

Suspiro, niego con la cabeza y me paso una mano por el pelo. Me temo que no hay nada más que decir. Empiezo a darme la vuelta, pero su voz me detiene.

—En cambio, lo que considero tu "pecado" aparentemente te salvó la vida. Incluso arriesgando la suya—. Mira a Lance un instante y luego me mira a mí. —Corrió hacia ti sin dudarlo, sin considerar que podría hundirse en el río, ser arrastrado por la corriente, ahogarse.

Su voz tiembla, todavía no puedo entender qué está tratando de decir, pero nunca lo había escuchado así. Como si estuviera sin aliento, como si estuviera intentando por todos los medios encontrar una conexión entre su mundo y el mío.

—¿Lo dudaba, reverendo Henderson?— La pregunta de Lance parece despertarlo, entrecerrándole los ojos con una expresión que no logro definir. No es hostilidad, pero quizá aún esté lejos de la aprobación.

—Puede que mi respuesta te sorprenda, pero no. No tenía dudas—. Mi padre niega con la cabeza. Lo veo debatiéndose consigo mismo y contra sí mismo, luchando, analizando la situación hasta comprenderla por completo. —Lo he hecho todo para redimirte, Kendall. De verdad, todo, desde que me confesaste tu pecado. Esperaba poder sanarte, tarde o temprano. Intenté con la oración, la fuerza, el miedo... todo lo que pude y encontré a mi alcance, por reprensible que fuera. No sirvió de nada.

—No, papá, no sirvió de nada. Y lo sé, lo sé bien, lo has intentado todo—. Trago saliva con fuerza, sintiéndome impactado, destrozado. Pero no tengo intención de parar. Y no lo haré. —Porque no soy un niño al que amenazas con quitarle su juguete favorito para que te obedezca. Y ya no soy el adolescente al que puedes encerrar en casa o decidir "dejar que se desahogue" mientras esperas a que se canse y un día milagrosamente despierte "normal", "curado", como te gustaría. Soy un hombre. Y lo que soy no es un capricho, papá. Sobre todo... lo que soy no depende de Lance. Así que no tiene sentido seguir culpándolo por algo que ni tú ni yo podemos controlar. Ninguno de nosotros puede. Amo a Lance Sayer, él me ama. No puedo hablar por él, pero, por lo que a mí respecta, espero que dure para siempre. Para el resto de mi vida. Y más allá.

EPÍLOGO

Un año después

Lance

Kendall podría haber hablado por mí.

Porque su amor refleja el mío.

"Para siempre" es lo que espero para nosotros dos.

—No puedo aprobarlos. Lo que sí puedo hacer es intentar comprenderlos—. Estas fueron las palabras que nos dirigió el reverendo Henderson. —La verdad... es que veo más amor entre vosotros que entre muchos de mis fieles. Y ya no puedo ignorarlo.

Así fue. El padre de Kendall sigue intentándolo, y entiendo perfectamente que no es fácil para él. Pero a pesar de las buenas y las malas, apreciamos su esfuerzo.

Mi sueño, que se convirtió en el nuestro y posteriormente en el de buena parte del pueblo de Magnolia Crest, no se detuvo ni se archivó.

Se reparó y reforzó el puente, se pintó el mural completo, y a raíz de ese proyecto, desarrollamos otros, no solo para los estudiantes, sino también para involucrar al resto de la comunidad, que con entusiasmo aceptó sumarse a la iniciativa.

Después de tantos años, siento que mi corazón finalmente está donde pertenece: en Magnolia Crest, en los brazos de Kendall.

Cuando Wilfred Hicks volvió a convocar la reunión en el auditorio de la escuela una semana después, no estábamos seguros de cuál sería el resultado de esa nueva reunión.

Mi experiencia siempre me ha generado dudas, así que no estaba del todo seguro de poder confiar en el entusiasmo de la alcaldesa Cowell por lo que habíamos creado en el puente. Una vez vuelta en sí, no sabía si nos dejaría continuar o nos obligaría a desmontar todo.

—¿El consejo ha llegado a un acuerdo, alcaldesa Cowell?— La pregunta de Hicks dejó a todos en la sala en vilo.

—Sí, presidente Hicks—. Reena Cowell respiró hondo antes de continuar. —El proyecto de arte propuesto por el profesor Sayer fue aprobado por unanimidad. Además, en cuanto a la financiación escolar, hemos recibido numerosas donaciones de benefactores y empresas locales, destinadas al crecimiento y desarrollo artístico de "Magnolia High". Por fin... la financiación escolar que había sido suspendida por la iglesia ha sido restablecida.

Ahora, un año después, entiendo que nuestro viaje realmente nos condujo a algo bueno, después de todo. Algo que nos trascendió, más allá de todos los obstáculos que habíamos encontrado a lo largo de nuestra historia, más allá de nuestro deseo de estar juntos. Contra todo y todos.

—¿Estás listo para la gran noche?— Agarro a Kendall por la cadera y lo obligo a detenerse, a mirarme a los ojos.

Está perfecto esta noche. Verdaderamente perfecto, con su camisa blanca estilo wéstern, sus vaqueros oscuros y el pelo recogido. Estoy loco por él, y lo sigo estando, cada día más.

—No—. Arruga la nariz en una mueca seductora y luego niega con la cabeza. —Prefiero escaparme. O tenerte aquí toda la noche. Tengo tantas cosas en mente que me gustaría hacer contigo...

Suspira, inclina la cara y acerca sus labios a los míos, atrayéndome a un beso profundo y apasionado. Luego baja para besarme el cuello, apretando su cuerpo contra el mío. Jadeo y lo agarro por la cintura, sintiendo su deseo cernirse sobre mí y apenas conteniendo el mío.

—No funciona, ahora no, mi amor—. Conseguí separarme con fuerza de él, quien me mira con mal humor. —Guarda lo que tengas en mente por unas horas. Nos desahogaremos más tarde.

Resopla y me besa en los labios. Esta es la primera vez que se celebra el "Magnolia Crest Art & Music Festival", y, aun así, hemos atraído la atención de innumerables personas, incluso más allá de las fronteras del estado, con los espectáculos en el centro, en varios locales e incluso a lo largo del Magnolia Bridge.

Esta noche, el último evento musical tendrá lugar en el "Railroad Star", el club de Grady Harris donde, un año antes, el reverendo Henderson intervino para detener la actuación de Kendall. Desde ese día, Kendall ha actuado en raras ocasiones, aunque, en privado, se ha dedicado a componer un buen número de canciones, que, sin embargo, siempre se ha negado a interpretar en público. Al menos hasta que, con el Festival en marcha desde principios de verano, Eloise, Miguel y yo lo convencimos de que volviera a actuar. Al principio, fue solo por diversión, para dar rienda suelta a su pasión por la música.

Seguramente no nos hubiéramos imaginado que el talento de Kendall sería notado por el asistente de un importante productor discográfico que pasa por Magnolia Crest.

—¡Eres malvado, de verdad!

—¡Lo sé! Precisamente por eso volví.

Se ríe y me agarra por la nuca, me mira a los ojos y de repente se pone serio. Demasiado serio.

—No sé qué habría hecho sin ti.

—¿Qué hubiera hecho si yo… no hubiera sido tan malvado como para volver?

Él sonríe y asiente.

—Si te hubieras rendido, si no hubieras querido vengarte aquí...— Se muerde el labio, aparta la mirada un momento y luego vuelve a mí. —Si no hubieras luchado, por mí también, hace tantos años.

Sé lo que siente. Sé cómo se siente. Porque ahora lo conozco bien.

—Kendall... no tengas miedo. Todo va a estar bien.

Su mundo está aquí, en Magnolia Crest. Pero estoy seguro de que será perfectamente capaz de ir más allá. Si está dispuesto a aceptar el reto, alcanzará el éxito que merece, incluso más allá de los confines de este pueblo.

—¿Por qué nunca puedo engañarte, Sayer?— Suspira, pone los ojos en blanco y frunce los labios. Quiero besarlo, besarlo hasta dejarnos sin aliento y volver a ser mío. Pero tengo que contenerme o no volveremos a salir esta noche. —Ni siquiera cuando intento ser romántico... o melodramático...

—Porque te conozco, Henderson. Y con lo listo que eres, he aprendido todas tus adorables tácticas para doblegarme. Si te sirve de consuelo, nunca me resulta fácil resistirme a ti—. Le tomo la mano y la aprieto. —Y ahora, vamos al "Railroad Star". ¡A conquistar el resto del mundo!

Kendall

El "resto del mundo", como él lo llama, es solo un productor neoyorquino que, persuadido por su asistente, decidió venir a escucharme durante la última noche del "Magnolia Crest Art & Music Festival", que se celebrará en el "Railroad Star". Sin mencionar que Ridley Ward, el asistente en cuestión, fue a su vez persuadido por Eloise, quien lo conquistó con su actitud irreverente y descarada. ¡Ahora está loco por ella y le daría lo que fuera!

Así que dudo que a Denzel Rogers, el productor neoyorquino, le interese de verdad mi increíble talento musical. Es solo un sueño, en su mayoría. Y soñar es hermoso, por eso cedí a la insistencia de mis más fervientes seguidores, especialmente Lance y Eloise. Incluso crearon un club de fans para mí en Facebook; ¡están locos!

Pero la verdad es otra, y aunque me duela admitirlo, Lance tiene razón. Tengo miedo.

Tengo miedo de fracasar. Por eso habría preferido frenarlo, pasar la noche solo con él y dejar de actuar. Pero lo que Lance quizá no sepa es que mi verdadero y gran miedo es decepcionarlo, no ser lo suficientemente bueno para aprovechar esta oportunidad.

Durante el último año, he dedicado muy poco tiempo a la música; he preferido pasar mi tiempo en la carpintería y ayudar a Lance a hacer realidad su sueño con los diversos proyectos artísticos que ha creado y completado. Me he preocupado muy poco por mí mismo o por mi posible carrera musical.

Trabajamos tan duro que, de hecho, ni siquiera tuve tiempo de extrañarlo. Ahora vivimos juntos. Ampliamos el apartamento detrás del taller, lo renovamos y amueblamos, creando un hogar solo para nosotros. Ni siquiera consideramos vivir separados; para nosotros, estar juntos fue natural desde el principio.

Cuando llegamos al "Railroad Star", mi estado de ánimo no ha cambiado en absoluto, aunque Lance está haciendo todo lo posible para animarme.

—Mírame, no te preocupes por nada—. Me acaricia la cara y me besa en los labios. —Mírame y no te preocupes.

—Cariño, si te miro esta noche, me arriesgo a perder la cabeza y olvidar todas las notas e incluso las letras de las canciones.

Es realmente guapísimo, más aún de lo habitual, hermoso y cautivador con esa camiseta que resalta el color de sus espléndidos ojos verdes.

—¡No, las necesitarás ahora mismo! —Se ríe y me guiña un ojo.

—Así que recuerda las canciones y piensa en la recompensa que recibirás cuando lleguemos a casa. Voy a recompensarte como es debido.

—Está bien… si lo dices así, ¡no me perderé ni una nota!

Mientras tanto, todos nuestros amigos están aquí, esperando animarme y apoyarme. Con la ayuda de Lance y el consejo de mi fanático, he seleccionado una lista de canciones para interpretar durante mi actuación. Algunas son famosas, otras son mías, aunque estas últimas predominan claramente. Puede que sea una decisión arriesgada, pero mejor voy a por todas.

Cuando Grady Harris me presenta, ya estoy listo para subir al escenario. Aquí todo es como siempre. Conozco bien este lugar, así que no me asusta ni me intimida especialmente. Quizás el simple recuerdo de la interrupción de mi padre me oprime el pecho y me corta el aliento, aunque sea por un instante.

Me pregunto si ese doloroso recuerdo es en parte responsable de mi abandono de la música. En realidad, no fue una decisión real; creo que ocurrió inconscientemente.

En fin, ya estoy aquí. No quiero seguir pensando en el pasado, en esa noche en particular. Las cosas se han suavizado con el tiempo, aunque quizá nunca se resuelvan del todo.

El público me aclama y respondo de inmediato, empezando a tocar. Esta vez empiezo con una canción de Kenny Rogers. Luego voy alternando y probando algunas de mis propias piezas, incluyendo *Crossroad Stars*, siempre una de mis canciones más populares, y *Sunset Dreamers*, una de mis producciones más recientes.

Todavía no he podido reconocer la personas presentes, al menos no a todas. Solo a nuestros amigos, entre ellos Lance, Eloise, Sophie y Thomas, que están sentados justo enfrente del escenario. Ni siquiera estoy seguro de si Denzel Rogers ya llegó; Eloise me dijo que su nuevo amigo/novio lo recogería y lo llevaría al lugar. Pero quizás tuvo un imprevisto y no vendrá. ¡Los famosos siempre tienen tantas cosas que hacer!

Todavía recibo muchos aplausos de mis fans. Lance me guiña un ojo desde debajo del escenario y sonríe. Nunca se había visto tan guapo, tan feliz, sobre todo. Sé que le encanta oírme tocar y cantar, así que haré lo mejor que pueda.

Mientras tanto, la oscuridad del local se disuelve un poco, con un juego de sombras y luces que siguen el ritmo de mi nueva canción. Es el gran final de mi actuación, la canción que escribí para celebrar mi amor por Lance y que he decidido interpretar esta noche por primera vez. *The Hurricane of My Heart*, una balada romántica, probablemente la más romántica que he escrito. El huracán de mi corazón. Trata sobre nosotros, nuestra historia, todas las dificultades que hemos superado para estar juntos, sobre reencontrarnos y la felicidad que finalmente hemos alcanzado. Trata sobre un amor que no conoce y nunca conocerá obstáculos ni barreras.

Mientras las luces iluminan el resto del local, mi mirada se posa en quienes nos han acompañado en esta maravillosa aventura. Además de Lance, Eloise, Sophie y Thomas, también están Cole, Ben, Daryl y muchos otros amigos. Miguel y Juana están radiantes de entusiasmo, y al parecer, incluso las figuras más influyentes de nuestra comunidad, como la alcaldesa Cowell, han decidido honrarnos con su presencia en la última noche del Festival.

Reena Cowell me sonríe asintiendo. Intento no distraerme y mantener la concentración hasta el final de mi canción. Miro hacia atrás debajo del escenario, donde espero encontrar a Lance, Eloise y los chicos. Lo que no espero es ver a alguien más, justo entre Lance y Eloise. Mis ojos se abren de par en par, incrédulos. Tanto que me cuesta concentrarme y terminar la canción sin desafinar.

Finalmente, cierro los ojos. Temo que, al abrirlos, todo desaparezca, se absorba, se convierta en parte de un sueño o un hechizo del que he caído, a mi pesar. En cambio, cuando levanto la cabeza y aparto la mirada, siguen ahí. Y me aplauden con alegría. Y todo es real. Mi padre, el reverendo Henderson, está realmente junto a Lance. Y aplaude mi actuación con aún más entusiasmo que todos mis demás seguidores.

Agradezco a mi público, bajo del escenario y me uno a ellos. Sigo incrédulo, no sé qué decir. Incluso mi padre parece presa de una vergüenza que nunca ha formado parte de su personalidad.

—¡Estuviste fantástico!— Lance rompe el hielo, rodeándome los hombros con el brazo. Eloise y los chicos asienten con seguridad, mientras los demás amigos se acercan a nosotros.

—Es cierto, estuviste fantástico. Excepcional, de verdad—. Mi padre simplemente repite y amplifica el cumplido de Lance. —Soy solo yo... que nunca me di cuenta. Porque lo eras antes, Kendall, siempre lo has sido.

—Papá...— suspiro, pasándome una mano por el pelo.

—No, yo... cometí un error contigo. Debí haberte comprendido, haberte ayudado. En cambio, te condené por no ser lo que yo quería que fueras, por no ser el hijo que yo quería. Pero la verdad es que tú... —Mi padre, inesperadamente, me toma la mano y la aprieta. —Eres mucho mejor de lo que esperaba. Ambos lo son... con todo lo que han hecho por esta comunidad, cualquiera estaría dispuesta a reconocerlo ahora—. Mira a Lance y asiente—. Y si para ser eso hay que estar juntos, entonces creo… que me parece bien así.

Me muerdo el labio y me paso las manos por la cara. No sé qué decir, estoy tan aturdido que ni siquiera puedo hablar.

—Gracias—. Salgo las manos de mi padre para abrazarlo. Es lo único que sé hacer ahora mismo. —Gracias, papá.

Al separarme de él, me invade una euforia y un entusiasmo que apenas puedo contener. Ridley Ward me presenta a su jefe, el productor Denzel Rogers, quien, en pocas palabras, se declara impresionado por mi talento y me entrega su tarjeta de presentación, pidiéndome que lo contacte lo antes posible para una audición oficial.

Una vez que recupero el aliento y la noche continúa con otras actuaciones, me doy cuenta de que necesito un tiempo para mí.

Busco refugio en la parte trasera del local, cruzo la puerta de hierro, salgo y me apoyo en la pared, contemplando un cielo estrellado que parece velar por Magnolia Crest, este pequeño rincón del mundo quizás olvidado por los mapas, pero que vive, respira y crece constantemente, con su puente, su río, su gente. Listo para afrontar, día tras día, cualquier reto que se presente. Cualquier huracán que pueda volver a azotarnos, tarde o temprano.

Espero. Porque sé que él vendrá a mí, igual que entonces.

Sonrío y le tiendo la mano. Lance me la toma, me acerca y me aprieta con fuerza.

—¿Lo sabías?— Me separo un poco de él, aunque todavía lo sostengo cerca.

—Digamos que fue un plan minucioso, pero con una buena dosis de imprevisibilidad—. Sonríe, acariciándome la espalda. —Convencí a tu padre para que asistiera al evento, pero no tenía ni idea de cómo reaccionaría. No me esperaba esas palabras de él. Quizás un poquito, pero sin duda superó mis expectativas. Y en cuanto a Denzel Rogers... Eloise, Ridley y yo estábamos seguros de que tenías el talento que él buscaba, pero...

—Pero... yo no sería nada sin ti—. Le acaricio la cara y lo beso en los labios. —De verdad que nada.

—No es así, Kendall. Tú eres todo, conmigo o sin mí—. Me devuelve el beso y me mira a los ojos. —Tu padre tiene razón, eres un hombre excepcional, una persona excepcional. Y doy gracias al cielo todos los días por tenerte a mi lado. Por tener ese huracán que lograste desatar en mí. Por tener tu amor.

—Lance...— Inclino la cara, le acaricio los hombros y luego tomo su rostro entre mis manos. —Siempre lo tendrás, mi amor. Pero... dime que no me dejarás solo en esta aventura. Siempre he estado aquí, he pasado mi vida en Magnolia Crest, ni siquiera sé si quiero ser cantante de verdad.

—Estaré contigo, sea lo que sea que elijas, mi amor—. Asiente y sonríe, toma mis manos y las coloca en el lado izquierdo de su pecho. Sobre su corazón. —¿Recuerdas? Aquí siempre estarás seguro. Siempre.